林央敏

五十年沉默
沉澱成一首
長長的無言詩

想寫精緻文體和精煉報導的散文
——散文集《五十年沉默沉澱成一首長長的無言詩》

詩、小說、劇本都各有某些獨特的外在形式或內部要素，所以容易被當做一種文學類型，至於散文，因字句結構較為鬆散，幾乎是按語言的自然結構來形成篇章，更沒有句子長短、音調格律的硬性要求，所以被稱為散文。但基本上，無論那一種文體或文類其實都是由散文加以組織和變化而成的。這表示散文一方面是所有文章的基礎，任何人至少要先有寫作初級散文的能力，才能寫作其他文類。而另一方面散文又是最自由的文體，自然可以吸收其他文學類型的特質，來豐富散文的形式和內涵。所以散文的定義就有廣狹之分，廣義的散文是指所有文章，無論文學或非文學的文字作品都屬之；狹義的散文就專指含有文學藝術美質的文章，這種散文，便與詩、小說、劇本同屬文學藝術的類型之一，我們為了讓它與非文學的散文有所區分，有時會特別稱之「文學性散文」。

文學性散文顧名思義是指詞藻比較具有文學美感的散文，不過一樣是文學散文，文章所含的美感成分仍有高低強弱之別，有些文章只求表情達意，或者說有些作者只重視或只能做到表情達意，這種普通的散文占散文作品的大多數；另有一些文章在要求表情達意的同時，還希望創造嚴謹而美的結構和優美動人的詞藻，讓讀者在閱讀的同時就好像也在欣賞一件藝術品，這種文章就是我長久以來所推崇與強調的「精緻散文」（fancy and exquisite prose）。精緻散文比較少，也比較少人為之，甚至可以說比較少有人能為之，因為它要講究作品的結構統一性，使作品像一個有生命力的人那般成為有機的整體，又要求詞章內容的聲音之美、意義（思想）之美與情感之美。簡言之，就是篇章文句的詩化、美化、新鮮化，這種樣貌的文字，《小說藝術》（*The Art of Fiction*）的作者大衛・洛吉（David Lodge）將它稱為「詩化文體」或「精緻文體」，它們可以通篇皆是，比如本書裡的〈終於看到百家春〉、〈五十年沉默沉澱成一首長長的無言詩〉……；也可以只見於少數段落、文句，比如〈餘音繞影的年代〉、〈月娘受傷了〉等等。

過去，我從古代的屈原、宋玉、曹植、王勃、蘇軾、奧維德、莎士比亞、羅曼羅蘭……到現代的徐志摩、余光中等人的部分作品中，見識到精緻散文的美質，也看出這種文體的結構精要，遣詞造句尤其需要作者運用想像力（imaginativeness）才能把普通散文煅造成精緻散文。那時，我也寫過一些華語文和台語文的所謂「美文」，後來寫得少，甚至沒再為華語散文傷腦筋，原因之一是我的創作主要轉向小說及敘事詩，而且偏向台語文。

日前檢視一下自己已發表、出版的作品，發現一九九三年七月到二〇一七年一月的二十四年間，除了應邀寫作的文稿及一些評論還會以中文書寫之外，其他所有創作都是以台語文寫成，這些純台語的作品包括詩、散文、小說和部分論文。這是為了我所冀望的「台灣文藝復興」——台語文學運動和母語復興運動而全心全力投入的志業。直到二〇一五年，蒙一位好友的介紹與指引，當時仍屬網路稀客的我開始試用facebook這種新型態的社群媒體，為了方便與人溝通，我漸漸「回到」中文書寫。這時，我一來是想「驗證」自己仍保有中文寫作能力，二來是覺得我當初對台語及台語文學運動所期許的階段目標中，至少「母語愛教育」與「敬祖先，愛台語；疼子孫，傳台文」這個初階目標已有所達成，往後更高的目標，我自覺今生無望看到，也無能為力了，因此我才又把主要精力轉回我的「文學最本行」，而且在二〇一六年底正式恢復中文創作，第一篇也選擇從我的第一個故鄉——嘉義出發，於二〇一七年一月寫成〈走在諸羅文學河畔〉的草稿（定稿發表於二〇一七年五月三日《自由時報．副刊》，後來收入同名散文集）。

〈走在諸羅文學河畔〉是我非常用心寫的散文之一，寫完又數度閱讀之後，我自忖自己心神猶存、筆鋒未鈍，仍有能力創造自己所鍾情崇仰的精緻散文，我認為精緻散文才是散文類中值得一讀再讀、文句含蘊形象之美且具備聲韻之美，值得出聲唸讀的作品。於是，我告訴自己：此生已有限，不寫散文則已，要寫就得盡力創造出文學藝術性特別濃密的精緻散文，即使一年只能生產一、二篇。

這本《五十年沉默沉澱成一首長長的無言詩》便是在這個自我砥礪的意念下所琢磨出來的散文集，其中九成多的篇章都是最近四年間的新作。全書包括二十三篇散文，除了五篇是少於二千字的小品之外，其餘各篇都是二千到七千字的長文，按文章性質大致分成二卷，收在〈卷一〉的作品，內容主在記述自己的生活及個人對事物的感觸，偏向記事兼抒情，段落文字既講究結構張力，也較講究文學美質，其中多篇是我所謂的精緻散文。收在〈卷二〉的作品，多數內容在記述幾位很有才華的友人、文人、藝人及其相關事物，性質類似報導文學，所以寫作筆法以表達意旨為重，修辭方面不像〈卷一〉諸篇那麼講究，但也不同於大多數的報導文學作品，一般報導文學的文章結構較為鬆散，作者通常採用「多章節組合成篇」的方式，但〈卷二〉裡的報導文學，每篇文章就是一篇具有結構統一性的散文，段落之間互有邏輯關係，不能個別分割章節。

最後，我想選錄幾則我過去細讀《西洋文學批評史》[1]時，在頁眉留白處寫下的心得眉批和我的見解，因為這些批註所表述的文學觀點，除了已做為我鑑賞文學作品的部分理論之外，也成為我創作時的一部分圭臬：

1. 所謂藝術模仿自然、模仿世間萬象。文學可分別或同時具有音樂、繪畫及舞蹈的模仿，而文學的模仿手法就在描述。
2. 意象語是語言文句的生命化。（p.369）
3. 莎士比亞是長詩之最佳詩人，是詩人中的天才，擅於故事、情節的結構布局，又善於描寫人物，並且還能創造豐富的意象語。絕大部分的詩人頂多只能做到半個莎士比亞——小說的莎士比亞或抒情詩的莎士比亞。（p.401）
4. 詩人在寫詩時要能運用「反語義學的原理」，以創造意象或語句的多義性，

而讀者在讀詩時，特別是在批評、分析它時，要能運用「語義學的原理」，以看清此詩的各種內涵。（p.585）

5. 譬喻的原理除了類比外，尚有影射、象徵等。被成語化、套語化了的譬喻，便不再是譬喻，而是平實敘述（已經陳腐）了。（p.594）

6. 情感也是藝術的內容。表達直覺，有賴藝術技巧以完成形象化。（p.463）

7. 一般人，甚至許多文評家並不了解最小的段落、文句其實也是一種結構。他們認為結構只是指情節、故事的布局框架。（p.478）

8. 我把文學作品的結構概分為四種。
大結構：故事、全篇＝故事結構。
中結構：情節、事件＝情節結構。大、中結構需靠布局完成。
小結構：段落、行動＝段落結構。小結構由微結構連結組成。
微結構：文句、詞彙＝文字結構。微結構由語言的自然演進或靠作者的靈活創造產生。（p.632）

9. 偉大詩篇及好的作品應具備有機結構，即全篇是一個整體。（p.603）

10. 文學內容或技巧中，嘲諷、反諷只是消極原則，哲學戲劇化才是積極原則，

把道德意識與美學意識相結合，文學才具嚴肅性的感化功能。（p.414）

讀者在閱讀本書時，可以用本文提到的隻字片語式的「詩學」，或者您所了解的美學相關理論，來檢視、來賞析本書作品，應可互為印證，或許還能量出創作結合理論的距離。

林央敏

於二〇二三年六月十八日完稿

註釋

1 *Literary Criticism, A Short History*，中譯《西洋文學批評史》，衛姆塞特（William K. Wimsatt）／布魯克斯（Jr. Cleanth Brooks）著，顏元叔譯，志文出版社，一九七二年初版。

目次

【卷二】

【附錄】

【卷一】

餘音繞影的年代

自從一九三一年底，台灣的第一部黑白默片《桃花泣血記》在台北永樂座戲院上映後，看電影開始成為台灣人的休閒活動之一，尤其稍後，戲院舞台逐漸被有聲電影所占據，又當一九五〇年代，戲院布幕被光芒一照就有彩色顯影之後，人們只要進戲院幾乎就是為了「看電影」，因此至少到一九九〇年之前的六十年間，戲院不僅是台灣人最主要的娛樂場所，同時也是男女約會的首選勝地。

此間，我躬逢其盛，當歲月把我的青春注入幾絲愁雲、染上一些「文青」色彩，而愛上文藝後，我開始熱愛已經進入伊士曼彩色的大銀幕世界，無論角色為古裝或現代，片別為武俠、笑科、文藝、劇情、寫實、恐怖、戰爭、動作、哲學、科幻，無所不看，看多以後自然會發現自己所喜歡的電影是哪些。我也許帶有一絲鄉土情懷，想要了解生活所在的城市，總想全市的每家戲院至少都踏進一次，去看電影，也去看這家戲院的內外風景，早年我在故鄉嘉義時，就帶著這種「摸蝌仔兼洗褲」的心理幾乎看過諸羅城的十幾家戲院，久而久之，對各家戲院的「屬性」或偏好也有所感知，比如嘉義座（嘉義戲院）幾乎都上映國片、遠東戲院較常放演好萊塢大片、新都戲院專映西洋現代的諜報片與科幻片等等；國民、三山、羅山同在日治時代的「美街」（成仁街），位處狹窄的老城區，二輪的老片就比較常在這裡重演，票價自然比較便宜。由於戲院通常有其放映等級和鎖定的觀眾群，因此仍有少數幾家始終沒有進去過，後來得知已經關門大吉，沒能實現早年的願想而引以為憾。

一九七八年我幸運抽到在中壢市郊的「忠愛莊」服役的籤，休假日如果沒返回父母之土，也常會窩在中壢的戲院裡度假。退伍後，定居龜山鄉，再調到桃園城區工作，於是相鄰的桃園市（今桃園區）的戲院成為我休閒娛樂的重鎮，我原本也希望有朝一日能踏入包括桃園、龜山及八德等市區相連之地的所有戲院，因此也會像當年住在嘉義時那樣，指著報紙上的電影廣告欄，向人探聽某某戲院在哪裡，有時路過、有時特意按圖尋路而去，一旦有空閒又是喜歡的影片，便會進去消磨時間。不過，也許到了一九八〇年代的我，對電影藝術的要求和偏愛已經成型，加上忙於寫作和工作，應有半數以上的戲院不曾進去過，比如位於民生路的元老級戲院——桃園戲院，昔我來斯，它已專映庸俗的三級片，我雖然常到戲院對面的朋友家走踏，卻不起就近娛樂一場的欲望，因為起初是聽說戲院有「插片」，後來是看到戲院前總掛著暴露女性巨乳的劇照大看板。那些我沒興趣的戲院，大約都有類似的屬性。

那年代，我進去較多次的戲院都集中在「大廟」景福宮右後方的狹窄街區，這裡曾經占有桃園最熱鬧的電影版圖，每到夜晚或假日，滾滾人潮擠在東方戲院樓下和金園戲院外頭的飲食店裡齊祭五臟，同酹六腑，都是等待下一場或看完上一場的男女，然後二人成雙、三五成群湧向大廟後面的中正路逛一趟夜市再回家，這應是一九八〇年代住在桃園縣北區各鄉鎮的所有青春少年家的共同經驗，這經驗恐怕比曾經在這裡看過哪些電影更深烙記憶吧？就我來說，或許是因為當年我只設定入圍多項奧斯卡或得到奧斯卡重要獎項的影片，以及受到影評高度關注的名片才看，所以在桃園的戲院裡所看過的影片而能留在我的記憶中的不多，倒是有兩齣電影不曾忘卻，而且激引我對其中一支歌、一個女人及一種文學與電影的表現技巧展開長年的追尋與摹想，它們都是在金園戲院上映的《法國中尉的女人》與《窗外有藍天》。

看電影時，會讓我完全聚精會神欣賞並覺得有深度內涵的影片，通常都是從文學作品搬上大銀幕的，《法國中尉的女人》（*The French Lieutenant's Woman*）是英國作家約翰·福爾斯（John Fowles）一九六九年發表的長篇小說，這部小說可說是存在主義哲學的戲劇化。

大約是在一九八二年的春夏之間，我帶著剛交往的女朋友看完這部電影後，對其表現劇情的特異技巧和所塑造出來的情調氣氛格外讚賞，其中一幕：頭部罩著烏紗、全身一襲黑裝、看似瘦弱的女主角莎拉佇立在昏暗又彎曲的防波堤外側，衣服被海風吹拂飄動，但人卻紋風不動，只顧凝視灰濛濛的大海，好像在眺望什麼、在等待著什麼，身上散發著孤獨而神祕的感覺。這幕神話般的景象，深深印在我的腦海，三十五年後的今天依然歷歷在目。後來我才知道《法國中尉的女人》是福爾斯的後設小說，不久台灣文學界興起一陣後現代主義思潮，而改編自這部後設經典的同名電影，其高難度的呈現方式也使它成為後設電影的一部經典，飾演女主角的梅莉·史翠普（Meryl Streep）也成為我印象最深刻，且非常喜愛的女演員，雖然我常忘記她的名字，但她後來主演的電影，我應是每部或早或晚都會看，看後總覺得是好片。

《窗外有藍天》（*A Room with a View*）也是一部用聲光演示文學作品的電影，改編自英國小說家福斯特（E.M. Forst）的「福斯特三部曲」的第一部，描述一個勇於打破傳統束縛的愛情故事。這部電影給我的藝術性衝擊沒有《法國中尉的女人》那麼強烈，但它那首配合主題的背景歌曲卻引誘我從青年追索到中年，只為知道那首透入心扉的詠嘆調叫什麼，以及只為學唱那首歌。

該是一九八五年，我帶著後來成為太太的女友共賞這間「有風景的客房」，片中女主角望著但丁故鄉佛羅倫斯的窗外景致時，背景音樂馬上把我引入一種款款深情的憂傷之中，從此那段旋律好像刻在腦裡，某夜忽然又在「美國之音」的音樂節目中聽到，歌詞顯然不是英文，我猜可能是義大利文或法文，自此我在獨處時常會哼上一段，而為了找尋這首歌，我把桃園一家唱片行所有選錄歌劇詠嘆調的CD全部搜刮回來，可嘆啊！聽完就缺這一首。接著一九八八年夏，我應邀到美國巡迴四十天，某日趁演講後的空檔跑去辛辛納堤（Cincinnati）的大賣場買了二十幾張西洋古典樂的CD，返台後，這首依舊杳然無蹤的歌證明我無功而回，直到二〇〇〇之後的某一天，拜電腦網路發達之故，我才發現這首以歌聲向父親訴求允許自己嫁給情郎的〈O Mio Babbino Caro〉藏在普契尼（Puccini）的歌劇《史基基》（Gianni Schicchi）裡，到此，這首歌從金園戲院的大音箱傳遞到我家的英國製音箱，跑了將近二十年，想來，追尋歌聲的音速多麼慢啊！

小說透過文字描述（description）來呈現故事，電影經由影音來演示

（demonstration）情節，只要用心，兩者都能反映人生，扣人心弦。曾經有好一段時間，我總要等待來自好萊塢的奧斯卡訊息，然後進戲院去觀賞能夠縈迴腦際的影片，但一九九〇年代，應是錄影帶出租店越來越興盛，使我進戲院的次數少了，忘了千禧年後的某一天，我才突然發現記憶中的戲院怎麼一間一間消失不見，徒留一段餘音繞影和一段已經無聲無影的情緣，都被老去的歲月壓縮成一片懷念。

——二〇一七年十月二十七日作。初稿刊於二〇一七年十二月《文化桃園》第十一期
二〇二〇年五月修改，定稿發表於二〇二〇年八月十日《自由時報・副刊》

終於看到百家春

這是台灣鐵道縱貫線上的一個點、一張臉，這張臉明顯經歷許多滄桑，斑駁的外景，透過我的雙眼，反而將它的美麗呈現，讓人看到歲月把它裝飾成一張古幽古色的容顏。

座落在桃園最南疆的「伯公岡驛」，從一九二九年現身至今已近百年，期間曾於一九五五年因應所處地名的變易而改名「富岡車站」。這麼久了，給人年高德劭的感覺，但對我來說卻是多麼生分的一個小驛站，也許因為以前我往來南北二路，所搭乘的大線火車來到這裡都是快馬加鞭而過、所乘坐的客運自動車又沒路過此地、所駕駛的縱貫線省道和國道也沒途經這裡，所以楊梅富岡里是那麼陌生的一張臉，在我一甲子的歲月中彷彿不曾遇見！

直到二〇二〇年初夏的「富岡鐵道藝術節」那天，一台已退休的百年蒸氣火車母才重現江湖一天，把一批官員、一列文人、一群民眾、一隊追逐老火車母的鐵道迷和一個好古的文人墨客從中壢拉到富岡，讓我首次見識到在這座古典小鎮的耄耋面孔中，原來已裝置了許多富含創意的現代藝術，點綴著富岡人的日常生活，於是寫下一首詠讚這個村莊和在地鄉親的〈富岡一日〉：

到西郊的三連陂親近
粼粼波光映照鷺鷥投影
和新造的地景共享寧靜
眺看火車輾著光陰，一寸寸
駛向輕輕下垂的黃昏

這時，有一枝筆在記事本
寫下：「日日悠活談笑村」
誘使墨客們紛紛
點頭發論

文友們一致贊同富岡真是一個純樸且悠閒的談笑村，有人甚至加碼表示，將來退休後，希望能做富岡人。

今年（二〇二二）暮春，市府文化局為了妥善並豐富這個可以把懷舊與創新熔鑄在一起的藝術節進一步發揚光大，特由負責承辦的團隊邀集一掛桃園的文學作家先到富岡熱身一下，把地景、街影與人情一起抓進眼睛，希望醞釀出可歌可泣、可頌可淒、以及可讚佩可歎息的文字風景。我們一行人和上回一樣，也是「從火車站開始慢呑呑／踩破老街的早晨／沿途掇拾樸實的古早味／有些門面雖經拉皮抹粉／一如那戶巴洛克已重整／也難掩歲月老去的斑痕」（引〈富岡一日〉），不一樣的是：這回文化局特別聘請生於斯長於斯也正工於斯食於斯聞道將來也要老於斯的本地文化人薛常威醫師來為大家導覽伯公岡的身世，讓身為騷人遊客的我們得以真正走入富岡的歷史，看到幾個街角的人生、聽到幾戶人家的故事，揣摹當年從前通、後街到暗巷、窄弄的風花雪月。

在這群結隊而行的筆桿子當中，會「落伍」地走入最古老的富岡角落，並且看出一碟日盤就照亮富岡百家春的人，可能就是我了。

百家春 轉

工。乂工六上。上工乂乙士。

工乂乂工六。五仕六。五六工乂乙五。上工乂乙士。

士士合工。乂乂工。合士上乂士上士合工。士合士上。

上乂、六工。五仕五乂工。五仕六。乂乂工乂工。乂工乂

合乙士合。士乂上。士上士合工、乂工。乂乂工乂工。乂工乂

工乂六。乂工六乂。上乂工乂乂乙士。乙合士乂工。

乂工上。士合上。乂工上乂上。

工尺譜（林央敏攝）

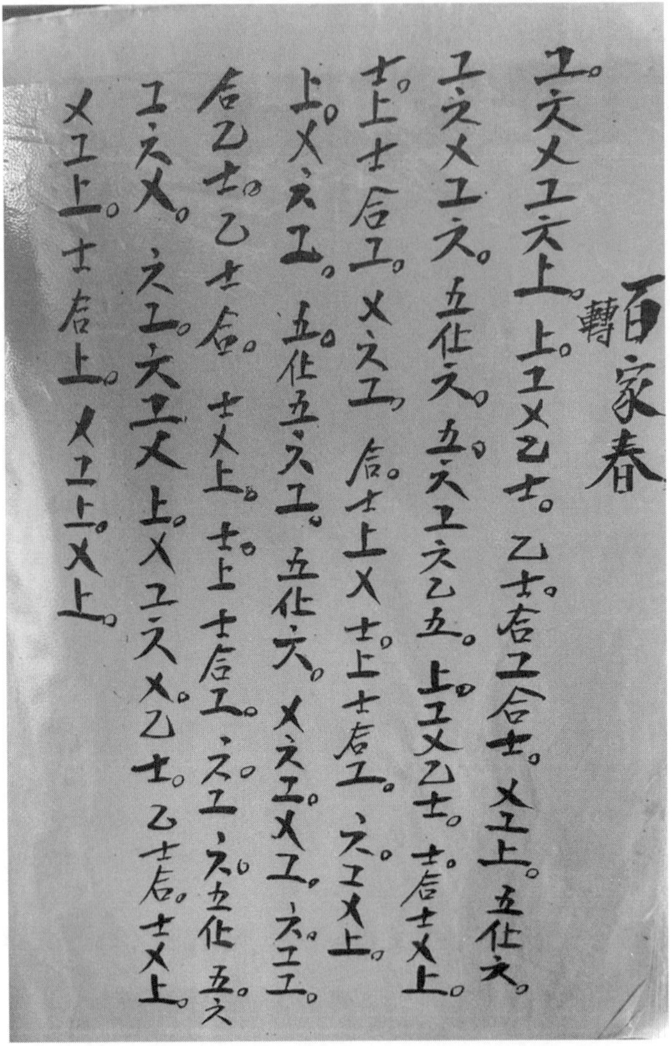

風和日麗的晚春時節，也許是移情作用的關係，我把自己愉悅的眼神投射在富岡古村的老街上，覺得春天在街上徘徊，家家戶戶也展露春天的臉色，老街區的低空彷彿有一具民俗古琴的浮雕在演奏，平行牽掛在電線桿上的電火線是琴弦，不用懷疑，或許只有我聽見。果然，當我們轉彎路過街角的派出所後，行經幾攤擺在郵局前的路旁小販時，出現一個手持二胡的赤足老人坐在他的菜攤旁招呼我們交關他自種的菜貨，但我們這群文化人意不在逛市場，幾乎都視若無睹地繼續前行，當我走到他面前時，應是對這位絕無僅有的「大廣弦菜販」生起稀罕的好玄而脫口問他一句：

「咁會曉挨百家春？」我一時忘了這裡是客家莊，面對老漢便直覺地用台語發問。

「呼！來！會諾！」二胡老人好像遇到知音那般也用台語欣然回應，同時動手翻翻譜架上的琴譜，說：「先來一條望春風。」

我初以為他聽錯了，或者根本不知〈百家春〉這支古曲，心想也罷，此刻春風徐來，也契合當下情境，豈知他拉完一葩〈望春風〉後，再往後掀動譜頁，讓我向前湊近的目光大為驚喜地停駐在一頁奇異的簡省字符上，那正是以傳統南北管最原始的符號，又名「上乂譜」的「工乂譜」寫成的〈百家春〉，想不到竟然可以在這個桃園最

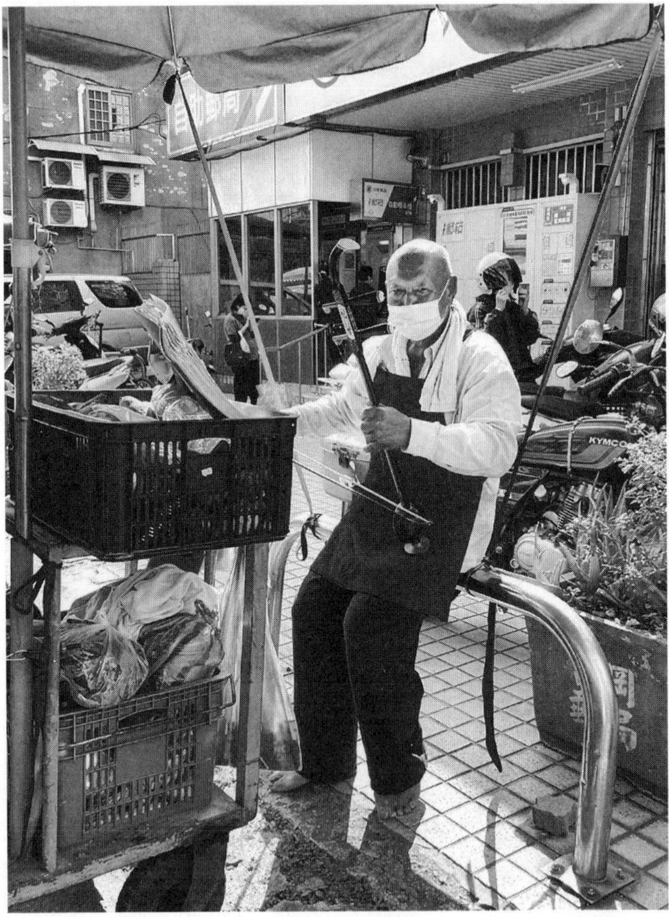

賣菜的胡琴老翁（林央敏攝）

南疆邊緣的富岡小鎮看到〈百家春〉，而且是三百多年前的〈百家春〉化做文字後的面目，於是隨著這位赤腳仙翁的大廣弦拉挨出來的聲音：「工六乂工六上。轉。上工乂乙士。……」，我開始啟動舌簧，配以古謠的歌詞：「當春芳草地，萬物皆獻媚。為著什麼事　拋了妻　遊遠地　長別離！憶昔別離時，二八少年期……」，遇到忘詞便用哼的，就這樣也哼也唱的在我心裡同情起歌裡的那位獨守空閨的思春少婦！

老翁大概也驚喜竟有這麼一個過路的遊客會和他的二胡老琴共鳴古調，和聲幽情，我看他的弦技拉得有點彆腳，應該是太久沒練，也應該是一直沒人會點這支南管古謠讓他獻技，以致生疏了，但難得遇到知音也就拉得很起勁。看他面露春風的樣子，我心裡同時浮起小學六年級時，在我家屋簷下聽父親拉著大廣弦演奏這支南北管散曲的景象，父親有時還邊挨邊唱「商角宮商角徵。變。徵商宮羽徵。工乂工乂上……」的譜音，我覺得這支從來沒聽過的歌很好聽，等父親拉完時，我好奇地問：「這條歌叫什麼？」父親說是「百家春」，心想歌名也很好聽，從此記住，後來翻找父親收藏的幾本流行歌的歌本，可惜都沒有，然而〈百家春〉起頭的一小段旋律卻已迴盪在我的心坎裡，直到大約十五年後，我的懷舊病發作，從前在鄉間被台灣傳統戲曲浸潤過的心靈突然甦醒，熱烈地想重溫少年記憶，其中關於音樂，我蒐集了三冊台灣民謠的書，才在當中最大的一本看到附有簡譜和五線譜的〈百家春〉，我依譜哼唱看看，果然就是記憶中的旋律，看它歌詞也很美，便將它練唱學起來。但一想到當年父親的唱腔發音，我想〈百家春〉的歌譜原貌應該不是這樣，然而一首歌既已會唱，何須再計較曲譜長得怎麼樣！不過對它的原始工乂譜仍然存著一絲好奇，只是不想積極以求罷了，沒想到這一天在富岡古村，意外一問，終於看到百家春！

也許就是這段記憶，當我看到二胡老翁時，才會下意識地問起百家春。老翁奏完時，我禮貌地讚譽他一下，並問他可以讓我把百家春拍攝下來嗎，「好啊！」他說，歡欣地讓我把他的身影和那一頁工乂譜收進手機裡。這時，我才發現我真的太落伍——大大落後於同行的隊伍，便趕緊小跑追上去。

午膳時，文化局長希望各位作家能為這個八月的富岡藝術節貢獻一些文字，於是為了避免書寫的角度與內容有所重疊，文友們各自簡單的攤開自己的心得，這時，當我把〈百家春〉的故事放進大家的耳朵，再把工乂譜的相片擺在大家的眼前時，眾皆咄咄稱奇，自認是生平首見且自知不懂這種聲音密碼的奧義，滿座春城飛花的文化人中，減去我後，似乎也只有曾經敲扣台灣古典雅音門的莊秀美局長差可聽知百家春的一息詠嘆！嘆惜台灣人的古典雅調如今已幾乎失傳！

——二〇二二年三月二十日初稿，二〇二二年六月二十二日完稿

原載二〇二二年十月四日（九九重陽日）《中國時報·人間副刊》

五十年沉默沉澱成一首長長的無言詩

退休後，她返回娘家的次數變多了，主要是為了探望九十高齡、記憶力已然嚴重衰退的老父，其次是可以坐在亭子腳，靜看熟悉且彷彿含有情感的山川草木，好沉浸在童少記憶中回味老家的溫暖。不過這一次，她的腦子卻塞滿耀邦歷叔的五十年沉默和被沉默閉鎖在房間裡的身影，因為兩個禮拜前，她手機上的家族群組出現堂弟的留言：「阿叔昨天往生了……」

家族的微薄房產由伯父繼承，伯父也在祖母去逝那年，繼承祖母挑起照顧阿叔的擔子，近年，伯父即使「毋甘（不忍）這個小弟」，但耄耋體衰，想繼續挑擔也已力不從心，只好同意自已和阿叔都被遷移到養護機構定居。一個月前，堂弟告知眾親人，他已遵照社會局的安排，將阿叔安置到某某療養院，稍後阿伯也搬到一家養老院，豈知才過兩個禮拜而已，阿叔就真的永遠沉默，或者說告別沉默了。

那天堂弟在留言中還說，他會辦理阿叔的後事，一切從簡，不必勞動大家，尤其不要勞動長輩，他也暫時沒跟住在安養院的父親（她的阿伯）、二叔（她的父親）和兩位姑母說。堂弟還表示，是否讓這四位長輩知道，就請各人看情況決定。結果，大家一致認為，除了阿伯，阿叔的另外三位兄姊都已數年沒回老厝，而且也都可能忘了老厝住著一位沉默五十年的小弟了，就不必再去撩撥他們的短暫記憶和喚醒他們的傷感。而她，也和其他兄姊弟妹一樣，都依從堂弟的交代，沒去目睹阿叔的遺容。

在她這一輩的叔伯兄弟姊妹中，除了大姊、二姊和大哥三人還有幸能與尚未閉關的阿叔有所交集之外，其他人對阿叔的印象大概就只剩下終日「覕嘴毋講話」的記憶了。這樣，阿叔的離世對她來說應該很容易就淡然處之才對，可是這時她卻感覺相當難過，忽然想起一件往昔的疑惑，使她產生一種來不及彌補的愧疚感，那是三十幾年前，她從鄉下調到市區的大學校任教後，知道學校有一種獨立於各年級的特教班，專門輔導校內的少數幾位具有某種學習障礙的孩童，當她認識特教班的老師且交談幾次後，開始知道有一種叫做自閉症的心理障礙及其部分特徵，她也實地去看過特教班的那個有自閉症的小孩確實很沉靜又不愛和人說話，這情形讓她立刻想到自己的慝叔敢情也是患了自閉症？不是吧？阿叔是大人，是二十幾歲才忽然「半暝食西瓜反症」

變得緘默不語的。因此，她便沒繼續探究，也沒想到大人也可能由於某種因素而「亞斯柏格」起來。但不管阿叔是不是自閉症，她想，當年她要是能跟阿嬤、阿伯等平時和阿叔同一屋簷的親人談說自閉症候群，叫自己，也勸親人們能和阿叔多些相處並說話，而不是放任阿叔閉關獨處，把沉默寡言煉化做沉默不言，也許會有機會讓阿叔走出沉默！此刻浮現這段記憶，使她感到一點自責，或許也是這個緣故，沉默阿叔的影子才會在這個時候盤據著腦海。

既然已經往生的阿叔這時來到她的腦海，她決定把阿叔的沉默拉出來，將她對阿叔的記憶化做文字。於是她回到屋裡的書桌前，提起筆準備寫下阿叔的沉默。要怎麼寫呢？她想著，同時眺望窗外的山巒，一陣子後突然覺得家鄉的群山懂得叔叔，也聽得懂她要說的沉默，不是短暫的靜默，不是有話鯁在嚨喉嗑不出來，也不是一時不想講話，更非嘴唇偷懶，尤其不同於住在村後那個綽號「啞口輝吔」的啞巴。然後她把群山當做聽眾、當做讀者那般開始用筆訴說：

阿叔像一支孤獨的山，不講話已經五十年。

去年農曆過年前，我和大姊、二姊回娘家，相約回去老家祖厝看阿叔，我們知道在阿叔的房間外叫門是得不到回音的，便逕自推開沒有內門的門走進去，阿叔削瘦的身子坐在床沿，看到我們並無新異的表情，「我是阿美，伊是阿貞，啊伊是阿慧。」大姊說，我們靠近前，大姊再問：「我阿美啊，你咁會記得？」阿叔舉高右手，好像要摸大姊的頭，我們都震驚一下，微微後仰，也許阿叔只是在打招呼，呆滯的眼仁隨著頸椎轉動一下，好像讓虛弱的眼光輪流停駐在我們的臉上，他的嘴脣動了一下，卻沒放出聲音，只以輕微的點頭代替回答後，就把手放回去，已經至少二十多年沒見面，想不到阿叔還記得我們。更令我想不到的是阿叔的沉默竟然這麼濃密、這麼強有力的瞬間就感染了我們，以致這次會面的時間被極度濃縮了。到底阿叔掩藏在沉默裡的，是什麼樣的感情？

我無法確定，將近五十年的累積，阿叔的話是否已在他的體內擠得水洩不通，連一個詞彙、一個語音都找不到隙縫鑽出來。要是這樣，那些簡單的招呼語和複雜的情緒句在枯瘦狹窄的空間裡是怎樣安然相處呢？而那些性格相異的話，快樂與悲傷、溫熱與淒涼……，會不會在阿叔的心中爭鬥吵架，讓他苦不堪言而更加沉默？也許在阿叔的嘴脣完全關閉後，話就跟著停止生產了。

這次見面，她認為阿叔的沉默會繼續堅持，但她覺得阿叔其實也想把話吐出來，只是他的話不知為何羞怯不敢見人，一浮出嘴孔就躲在嘴唇後面。而現在，人已往生，嘴唇沒有了，話語就藏入骨頭，叫火焰也烤它不出，轉而化做粉末躲進骨灰裡，縱使一切都消失，他的「沉默」還會在，阿叔的話總會找地方躲藏！想到說話，一幕小時候與阿叔對話的影音馬上浮現，她寫著：

可是，我記得我讀國校時，阿叔還會跟我們講話，那時，阿叔常會打開房間的門，看到我或堂妹，就會喊「阿慧」或「阿芬」，接著伸出拿著一張十元鈔票的手說：「去揹一罐『一陣風』」，起初我們還以為阿叔「寒著」感冒了，才叫我們幫他買感冒糖漿，後來發現，原來阿叔把「一陣風」當做飲料，喜歡它的略帶甘甜又有一點芳香的味道。伊的每個姪孫都期待這種好差事，因為我們知道阿叔不愛出門，決不會自己去買，就可以趁機跟他揩油，刁嘴說：「找的錢要予我買糖啥哦？」我們金爍爍的眼睛早就把他那癢在喉嚨的渴望看得一清二楚，等他應答出那串軟弱無力的話：「五角，干單會使哩予你五角。」才歡忻地接過那張印著一個人頭像的紅紙鈔，轉身走向村子唯一的籖仔店，步伐也像踏著一陣風。

嘻嘻！五角，很多啊！那年代，我們跟掌管家務的阿嬤討零錢時，每次也只敢要一、兩角呢！所以我們有時在門口玩耍時，往往也會邊玩邊看阿叔的房門是否打開一個縫。

阿叔的房間有一扇窗，如果把掩蓋著窗的柴板撐開，他的房間也會和阿嬤的房間那樣掛出一幅鄉村的農家圖，清晨，阿叔可以看到住在後鄰那戶親戚在擣洗衣衫、晾曬衣服，穿著絢麗的火雞在竹籬內箐翻沙土、啄食蟲子；黃昏，阿叔可以看到埕斗上有男孩在玩鬮咯雞、覕相揣，唸著：「點仔點水缸，點著啥麼人仔爛尻川……」，或者欣賞女孩在玩疊沙包，一邊拍掌一邊唱唸：「一放雞，二放鴨，三分開，四相塔……」。衣衫火雞囝仔與大人反向看過來，也會看到一幅光線柔弱的靜物圖框在阿叔的門窗裡。可是阿叔不要寫生，也不想素描，即使做出一幅畫也不讓大人、囝仔和衣衫、火雞觀賞，他不管什麼時候都把窗板放下來，即使他喜歡的微風，還是討厭的暴風都被關在窗外，只有裝在小玻璃罐裡的「一陣風」可以敲開一小縫阿叔的門窗，讓「一陣風」和剩餘的銀角仔（零錢）交付到阿叔的手中，接下來我只能想像阿叔怎樣微微張開嘴脣，讓液化的風一陣一陣緩緩的流入嘴巴、流過喉嚨，澆沃他的長期找不到出口的話語。

她搜遍記憶庫，才找到一、兩句和阿叔的簡短對話與相關影像，都是發生在阿叔想買「一陣風」時，因此寫到這裡，她突然自覺幼稚地在心裡問道：是不是一陣又一陣的「一陣風」把排好順序的話語吹散了、沖亂了，使阿叔的話語失去了方向，更加走不出身體裡的迷宮，而更加滋養了他的沉默？自問無答後，立刻想到比她年紀大的親人其實也有收藏㕩叔在沉默之前的更多出聲紀錄或生活影音，就繼續回憶繼續寫：

阿叔曾安置一細影片在大哥的記憶裡，以前大哥常放映給我們看：（台語）

「阿叔少年的時偌巧偌緣投咧！彼當陣，我讀國校仔，阿叔猶佇做兵，伊見擺放假返來，攏會去園裡鬥做空課，佫會若做穡若唱山歌，隔轉工收假，欲走的時，參阿孆相辭了後，上愛對我笑一下講：『我是軍，你是民』，就開始若蹩跤步若唱『我現在要出征』彼條軍歌，佫會改歌詞唱講：『你阿民要同行，唉唷阿民要同行，你同行決不成。因為我是軍，你是民』，對我搖兩下仔手表示再見，才斡出巷仔口。」我們聽了也哈哈大笑，因為大哥的名字有一個字「民」！看來大哥保存的這細軟片至今沒有磨損。阿叔活潑的形象就這樣copy在我的腦葉，原來阿叔也曾經這麼風趣！那麼，到底是什麼把阿叔的開朗禁閉了呢？

阿叔放在阿嬤頭殼裡的一段影片有透露原因嗎？

「阮邦仔哪有安怎！阿就有一遍去店仔頭看人行棋，邦仔人巧看較有，加講二句，彼个行輸的煞見笑轉受氣，罵伊：你偌敖，遐敖哪會食甲欲三十矣猶是羅漢跤仔一个，無某無猴。阮邦仔面皮薄，互罵一下感覺見笑，自安呢攏毋出門，嘛較無愛講話。」

有人問起是安怎阿叔不講話，阿嬤總是這個答案，說給問她的人聽，也說給自己聽，說給自己聽時，有時還會補一句有聲無力的埋怨：「遐夭壽！加阮邦仔害甲安呢！」

這個短短沒幾句的版本似乎無法解開阿叔超重的沉默，卻負載著阿嬤長年的苦痛，我們知道阿嬤的眼睛和耳朵一定收容了最多阿叔演示的影音，為了不增加她被回憶的痛苦所折磨，我們不問也不在她面前談論阿叔的點滴，並接受阿嬤唯一提供的這一條線索。

二姊知道的較多，她蒐集到阿嬤和媽的話。在我的五個親兄弟姊妹中，二姊住在家族老厝的時間最久，國校六年級時聽過阿嬤說，阿叔退伍後，很努力照顧家裡在龍眼坑的李子園，做了幾年，他和園裡的李子樹親近，可是和住在同一屋裡的大嫂（阮阿姆）不合，有幾次為了怎樣讓李子長得好、生得多，跟阿姆頂嘴爭論，使夾在中間的阿伯和阿嬤感到為難。那時爸媽已搬離老家住在松柏坑了，有一次回老家探望阿嬤，知道這個情況，媽說，咱在更遠的凍閣坑買了一塊地，有僱請幾個工人在做，因此媽就請阿叔去住凍閣坑幫忙工作，也幫忙看理工人。媽還說，當時，有一個女工阿葉仔，從小無父無母，是靠她伯父養大的，阿叔和她互相有意愛，媽也想要促成這段姻緣，不過阿嬤聽說對方要求，阿葉仔的丈夫一定要用招贅的，阿嬤講：「阮邦仔巧佫搰力，人扮嘛無輸人，哪得去逢（互人）招！就隨加阿叔叫返去顧李仔園，互怹無法度佫見面。」

當她把二姊轉述的阿嬤說與媽媽說串連成一截有情節的悲情影片後，她看到沉默飛入阿叔體內占據阿叔心靈的影子。接著以自己的所知所感，配合別人吐露的關於阿叔的生活鱗爪，在腦子裡描繪出阿叔最後三分之二的人生歲月，再把這些畫面轉記在紙上：

從此，李子樹太忙，忙著發芽，忙著結苞，忙著開花，忙著結果，李子樹不再專心聽阿叔輕罔罔或重橫橫的話。

阿叔越來越少去李子園，終於李子樹看不到阿叔的身影了也不擔心！

阿叔閃過村裡的剃頭店，跋更遠的路，涉過濁水溪，到沒人認識他的水里街仔剃頭。

阿叔出門的間隔越拉越長，頭髮也越伸越長，某日下雨天出門，才拐出巷弄就歸去來兮，終於使阿嬤的手多了一項技藝，在家裡為阿叔剃頭。

阿叔接到後備軍人教育訓練召集，可是連一天也沒去，曾經勞動公所的人和警察都來家裡查訪，阿叔沉默以對，再由家人加上很多鄰居證實阿叔已和沉默相處幾年了，終於教育點召的紅單懶得再飛入阿嬤家。

最後，阿叔連廚房邊的吃飯間都不去。阿嬤照三餐把裝著飯菜的碗公放在紅架桌上，廳裡沒人時，阿叔才推開鄰近紅架桌的房門，靜靜把飯捧進去，然後空空的碗公和一雙箸筷會在沒人注意時，靜靜地出現在紅架桌上。貯裝開水的小茶壺也模仿碗筷的隱身現身術，一天一次。

她在老家與阿嬤和阿伯這一房的親人同住到小學四年級，期間，偶而會看到阿叔走出房間去如廁，翌年轉學並回到松柏坑與父母同住，聽說阿叔連吃飯也要自閉私牢，就不知阿叔如何解決排泄問題，往後幾十年，她沒問也沒聽親人提到。現在，她寫到這裡，想到如果連衛生、洗滌的事也無法迫使阿叔離開房間，那就比監獄裡的囚犯還要自囚了，因為囚犯都還有放風時刻呢。她想，寄生在阿叔體內的沉默到底是什麼？竟能使一個人連放風片刻的欲望都放棄！

懷疑沉默是什麼時，她忽然記得阿叔的房間並不沉默，因為阿叔有一台收音機，就放在床邊靠窗的桌櫃頭，小時候她和堂妹、鄰居在屋外遊戲時，靠近阿叔的窗下，會聽到有人在講話在唱歌，記憶較深的是正聲電台的講古說書和中廣的「情人歌聲」歌唱比賽，於是她寫下：

> 阿叔自己不講話，不過他有一台拉即哦（radio）會講給他聽，我知道在他沉默之初，還會蒐集從拉即哦跑出來的話，抑揚頓挫各種聲調他都收。對了，阿叔還有好多本尪仔冊，尪仔冊裡有四郎、真平和其他不同的人會講無聲的話給阿叔聽。直到十年後，我聽說那台拉即哦病了，不會出聲了，阿叔和他的房間才完全

進入沉默的境界。

可是村裡的左右鄰居或村外的親戚朋友還有沒說完的話在我們的背後飛來飛去，有些話會飛到阿嬤的眼前：

「妳太寵伊啊啦！」

伊都毋出來，我嘛無法度。阿無欲安怎！阿嬤無奈地說。

「咁無去予醫生看昧冽？」

阮邦仔也無安怎，伊人都好好，欲看啥。阿嬤自信地說。

「彼口灶內底蹛一个痟吔。」

哼！阮邦仔也毋是起痟，死囝仔烏白講！阿嬤生氣地說。

沒錯，阿叔不是瘋子。那年代的鄉下，只聽說城裡有神經病院，不曾聽過心理治療和精神科醫生，就算我們知道，阿叔也不會去看。神經病和發瘋是同義詞，家中有人「起痟」是全家的羞恥事，而阿叔絕不是痟吔，我看過痟吔，阿嬤也看過痟吔，痟吔不會像阿叔這樣。

這時，她想起村子裡曾來了一個瘋子，這人衣衫不整又蓬頭垢面，鬍鬚像一撮蓊鬱的草叢，頭髮披到肩頭參差結毬，一出現總是坐在巷尾的廟埕大小聲湊湊唸，唸個不停，有時身體手腳好像在表演，會擺出一些誇張的動作，要不然就是走來走去，四處撿拾人家丟掉的菸屁股，看到手上拿著香菸在吸的人，還會嘻嘻傻笑，叫人家把「薰截仔予我」。當時小小年紀的她看到這個瘋子，又怕又想看，可是總不敢靠近。有一回，她和阿嬤、阿伯一起到廟口，才有膽量就近看清楚這個瘋子枯焦的手爪上，髒指甲又黑又長，長到會彎曲。這人來來去去，出現在村子時，人們會傳說「彼个痟的來矣」，但沒人知道他從何方來，又往何方去？有這層親眼見過瘋子的經驗，她認為：

痟的不怕被大人看，痟的不怕被小孩笑，痟的不會乖乖待在家，痟的愛現，一天到晚在外頭到處跑，玲瓏遶。所以阮阿叔無痟，他人好好的，不必看醫生。

日子就這樣作息，大家都習慣了，阿叔繼續把自己關在房間，阿嬤繼續把碗公放在紅架桌，山上的李子樹繼續安靜開花。我們回老家看阿嬤時，有時也會順便向阿叔問安一下，互視一眼再互相無言就退出沉默的房間。

四季輪轉，歲月如梭，已沒人再計算阿叔的日子。日子就在越過阿嬤八十三歲生日時，將照顧阿叔的擔子由阿嬤的肩膀移到阿伯的肩膀，之後沒多久，阿嬤便跟隨已經等她幾十年的阿公走入神主牌，也許帶著一絲遺憾或放心不下吧！那年開始，阿嬤也要吃放在紅架桌上的飯了，她也許還會操心每日三次出現在紅架桌上的碗公有沒有消失？

阿嬤剛走那幾天，後生媳婦女兒女婿孫子矸仔孫，跟隨烏頭司公的口令進行各種法事，來送別阿嬤一路好行。但我一直沒看到阿叔出來拜別他的老母，不知阿叔是否知道阿嬤的棺材暫厝廳堂時，與他就只有一壁之隔，我推想阿叔在牆壁另一邊有用什麼話和阿嬤相辭，還是繼續閂住嘴脣，用濃得化不開的陳年沉默祭拜照顧他一生一世的老母！

光陰荏苒，當阿伯八十六歲，深刻體會照顧阿叔的疲累時，政府開始關懷獨居老人的制度，一輩子獨身的阿叔符合條件，加上「被認證」無法自理生活，往後幾年，都有服務人員定期到家裡幫忙。服務人員來了，都會把阿叔的房門打開，再把窗戶撐開，可是仍然無法把沉默引開。

今年，阿伯九十二，阿叔七十七，一個更老的老人哪有力氣再照顧另一個較年輕的老人，因而阿伯和阿叔相繼離開出生的老厝。

是不是沉默隨阿叔到療養院後無法適應，帶不走阿叔的身體，就帶走阿叔的靈魂？

那個會大聲唱歌的阿叔是遺失在凍閣坑的山坪？還是走丟在早年熟悉的李子園？難道只是陷落在身體裡的哪一處深邃的澳底？

我想，那些他原本要分享給他意愛的人的話已埋在凍閣坑，而那些他蒐集一輩子的有聲和無聲的話，都在他的沉默裡沉澱了！

寫到這裡，她停了一陣子，覺得這似乎是阿叔一生的全部了，至少是她記憶裡的全部，阿嬤和大哥都說阿叔很聰明，那應該是阿叔的小時候和青春少年時，可惜這一段她無緣經歷，當她知道該叫他「阿叔」時，阿叔已很少開口，一開口就只為了「一陣風」，這段事曾經帶給阿叔甜蜜，也給她快樂，在她轉學離開祖厝後，也許連「一陣風」也被沉默收藏了。想到這裡，她放下筆，開始從頭把剛才寫的默默讀一遍，讀到末了時，她忍住心裡的幽泣，但忍不住已經湧現眼眶的淚水，唉一聲！淚水被嘆息擠了下來。仔細一想，阿叔的沉默該有五十年吧！她把視線棲息在「沉澱」兩字上，久久，忽然覺得阿叔的五十年沉默已經沉澱成一首長長的無言詩。這樣想時，差可感到一點點安慰。

——二〇二二年四月十五日～五月五日完稿
原載二〇二二年八月八～九日《中國時報・人間副刊》

古厝之島金門行

三十多年前，我曾經兩度造訪金門，那是這幅啞鈴似的島嶼圖被稱為「戰地」的年代，整個戰地前線處於全面戒嚴的軍管下，島上的駐軍比世居的縣民還多，一到假日，金城後浦與金湖山外這兩處鬧區都是穿著深綠制服的遊客，噎！不是遊客，是從營區與碉堡鑽出來放風逛閒的軍人，只有一九八四年五月初七午後，被金門防衛司令部從專車上放下來的一批身著五顏六色衣服的騷人才是遊客。傍晚時分，軍人回營，騷人則回到此地唯一的客棧迎賓館，晚宴後忍不了寂靜的筆桿還可以就近到山外的茶館舞文弄墨喝咖啡，笑談強艣灰飛煙滅和砲彈震驚耳際的故事，古寧頭、八二三，再摻入一些趣聞五四三。那年，我首次踏上這個對台灣人來說最靠近唐山的島嶼，在百感交集中看到歷史看到夢。

三十七年後的春夏之交，有幸參與桃園文化局的活動，飛出台灣到閩南，與兩地的官人和文人一起把酒言歡，在醇香中進行桃園—金門姊妹市的文學交流。闊別三十多個四季後的浯江平原，自從一九九〇年，戒嚴令被縮小成百分之三後就蠢蠢欲動，翌年再請願，自一九九二年底從動員勘亂的身分解脫出來便開始改頭換面，如今看來已由「戰地金門」轉身幾翻成了「觀光金門」，這一點從立榮的空中巴士A321型客機在COVIN-19的疫情啃蝕下還能坐滿旅客就知道金門的觀光魅力。下飛機，離開尚義機場，前往金湖、金寧和金城的三處古蹟景點的途中和目的地，我特別注意是否還有阿兵哥的影子，結果一無所獲，只見悠哉悠哉的遊人遊走在溫文柔和的馬路上或失去硝煙的坑道裡，時而操控手機幫助眼睛抓取讓他們感動的風景。

說到風景，我覺得金門的每個角落都是風景，每個物件都有文化，而且風景描畫著歷史，文化演示著民俗。

首日第一站的陳景蘭洋樓，乳名「景蘭山莊」，像是一座金門的「白宮」，雖然始建於二十世紀初葉，卻記憶著中日戰爭與國共內戰長達半個世紀的切身之痛，因為它被迫「參與」了戰爭，先後成為日軍的前進指揮所和國軍的防砲觀測所，幸好痛裡還有救人的一章，都同時被用來當做戰時的軍醫院。洋樓前方瀕海的坡地上有一尊模仿自由女神的雕像想必象徵著大洋樓的渴望，現在渴望終於成真，入口處，山門上的名號「金門官兵休假中心」只是一抹被保留下來的歷史痕跡，不會再阻攔我們這群既非金門、也非官兵的旅客，我才可以大大方方地走進去想像金門人的「番仔樓」史話，並短暫享受古人發抒的幽情——我的想像。

晚宴後，入住舊金城郊區的民宿時，一叢叢的古厝融合一幢幢老洋樓的水頭村落叫我的想像伸得更遠，遠到十四世紀閩南過金門的年代，遙想當年，從河南經江南到閩南的河洛人與當地漢化的百越族全然融合做唐山一族的閩南人後，不知是為了避元時亂或不願屈從蒙古韃靼的統治，還是單純只為生計，他們划一葉扁舟來到浯島最南端的水頭開墾定居，在這片拋荒之島升起裊裊炊煙和矗起閩南民房，一落變二進，四合圍做回，時間走過七百年，相聚成簇，連帶成叢，讓我們度夜歇睏的「水調歌頭」民宿就是一家典型的閩南式四合院老屋，順著小馬路從邊門進入屋裡就有古色撩眼，古香撲鼻。這家民宿才新開七年，營業長度只有水頭開拓史的百分之一，但當我摸著它的厝身時卻彷彿摸到一塊乾隆紀年的紅磚和兩扇清末民初修葺的門板，屋內的門閂恰恰閂住我小時候老家客廳的那堵簡陋的柴扉，而牆上立體的雕欄石砌猶在，只是朱顏略改，使客舍翻新回少年，少年青春更堪避春寒。

是夜，當同行的詩人、官人、編輯人都入夢時，我在名為「起舞」的客房中像蘇東坡那樣輾轉朱閣「照無眠」，便隻身走出民宿，到周遭的巷弄蹓躂，發現許多平房「低綺戶」都被做為民宿客棧了，沒錯，旅店密集是觀光勝地特有的景象。天上無星無月一片黑，查看手機上的陰曆才知今夕是殘月與娥眉交替之夕，幸好每家古厝民宿的屋前和巷道都亮著體貼夜貓遊人的燈光，靠著這些柔光我能清楚地欣賞每家屋外的擺設與外牆的裝飾，當中最吸引我的是許多古厝的門口埕還留有一口已封口的古井，有的古井已裝上手工抽水的「水協仔」，而更多的是井邊還有一具或兩具用混凝土圍成的石桶，石桶內擺著一塊連體斜放的石砧板，我不知這是今人為了觀光才仿古鞏造的新品，還是古人為了洗濯所建的不朽遺跡，但我相信這是洗衣機普及前，金門人數百年來的生活日常之一，代表著一種金門古老文化的套件，對此，我不禁套引李白的〈子夜吳歌〉，輕吟：「金門一片月，戶戶擣衣聲」，在長安的李白聽到「萬戶擣衣聲」，或許還看到正在淘洗衣服的女子，他臆想有個女子一邊洗衣一邊想念被徵調到塞北征戰胡虜的夫君，並盼望和平到來，也許數十年前的金門婦女也曾經在搥洗衣服時盼望家園早日平和，不再是戰地吧?!

不過，當我腦裡浮現洗衣意象、嘴裡輕吟擣衣詩句時，我想起母親用她那隻右手為我擣過十七年髒衣服的形影，那隻手在我嬰年時曾經被手術刀切開，除掉腫脹的膿瘡才得救，從此手背上被一條儼如巨型毛毛蟲的疤痕占據著，使它變得衰弱又笨拙，母親在擣衣時一定很吃力，所以洗衣的速度總是比別家婦女慢……，想到這一幕我頓感眼睛發酸濕潤起來，我怕深夜突如其來的哭聲會鑽進別人的窗戶，甚至滲透到別人的夢裡，便趕緊切斷思緒，唉！仰頭長呼一息後，悄悄回到民宿，經過一間不知是誰的客房正飄出輕微的鼾聲代替擣衣聲。

這趟金門行，我的感觸既重且多，擠滿胸膛，最重的感觸是為數眾多的古厝已經成為金門人的歷史資產。這次參訪交流團的行程不多，所到之處雖然沒幾個村里，但到處都有優美古雅的老屋，聽說金湖的瓊林村和金沙的山后村更多，密度之高遠逾台灣任一個縣市和鄉鎮，看對岸高樓林立的廈門島應該也和台灣一樣，已經沒有多少閩南古厝還活在人間吧？為何浯洲人煙古來稀，卻見古厝長存多麼奇？難道是金門人特別唸舊好古，早有愛護傳統、維護古蹟之思嗎？也許是戰地的緣故，加上長期軍管，限制了開發，反而讓金門保有古意，吹著古風，成為古厝之島，成就觀光金門吧？如是我思。

——二〇二一年一月十五日～四月十八日作

原載二〇二一年五月《聯合文學》第四三九期

金門落日大又紅

從前金門還是戰地軍管且不開放旅遊的戒嚴年代，你如果不是金門人，就只有服兵役時抽到「下下籤」才有幸到此一遊。那時台灣民間風傳金門、馬祖多危險，「反攻大陸，消滅共匪」的口號還在嘴裡燃燒，敵人的砲彈也偶而會在金門的空中亂跑。所以大約四十年前，在當時的行政院新聞局與金門防衛司令部的安排下，穿著便服的「作家戰地參訪團」能夠乘著華航波音七三七降落金門的行程多麼難得，飛機上一行人把既興奮又期待的心情譜寫在臉龐，同時也各有淡薄的不安漂在心裡忐忑幌盪！兩年後，我又當起「作家戰地參訪團」的成員再度來到浯島讚嘆擎天崗，並把宣揚三民主義的五彩氣球釋放，想像空飄到大陸的戰鬥文字可以點燃幾個匪幹的緊張。

這兩次金門行，我都曾站在距離廈門島最近的馬山觀測站的地下碉堡裡，透過長鏡頭向西窺望，看著地理課本裡的河山，也看著歷史課本裡的祖國，就像看到歷史看到夢，心中湧現一絲難以名狀的感觸，想起余光中的〈鄉愁〉：

而現在
鄉愁是一彎淺淺的海峽
我在這頭
大陸在那頭

雖然只隔著比黑水溝更瘦身百倍的小小海峽，仍舊只能望水興嘆！但稍可慶幸的是，當時兩岸的島嶼都掩護在滿山遍野的蒼翠裡，沿海只見碉堡，不見硝煙。

而現在，比台灣還要保存更多閩南風貌的金門已成為一處觀光勝地。時隔三十幾年後的今年，能有機會與桃園文化局邀集的「桃園作家訪問團」一起快樂出航，去和姊妹縣市金門的文學人交流，順路再度舊地重遊一番，由於不再有戰地管制，也許更能看到金門的文化深度和不一樣的景物，果然，這回不看軍事，只看富含文史味道的風景與建築，其中最震撼我、感動我，叫我想要徘徊不去卻被迫不可流連的景色是建功嶼的落日。

經驗老到的在地導遊已算準海水退潮的時間，在日頭西傾的時候帶我們到金門首府金城鎮西南郊的海邊，下車前，我右觀岸上有一座牌坊，橫楣寫著「忠肝義膽」四個大字，牌坊後面的仿古宮殿便是祀奉鄭成功的延平郡王祠，而左望海上有四個巨人，好像蹽著海水在走向一個小島。立刻臆想：莫非金門曾有泰坦族或什麼樣的神話誕生在此地？這景象真奇特，從前沒來過。再聽到導遊警示退潮正要開始，而且海水只退讓一小時，想走去建功嶼的人要把握時間，最好六點之前回來，才不會受困海上。於是，我當下決定這回不睬歷史不看廟，因為台灣也有延平郡王祠，只想尾隨巨人走進神話去看這一幕。

原來那不是巨人，而是一項裝置藝術。二〇一三年，芬蘭設計師馬可．卡沙哥蘭德（Marco Casagrande）應邀到金門參加藝術節，我想像他也曾在這裡欣賞金門落日，當海潮漸漸退去，看到海灘露出一根根、一排排早年用來阻礙敵人登陸的「軌條砦」鐵柱子，同時看到有些戴著斗笠的金門人走入海灘採擷野生的蚵仔時，他有了創作靈感，這時落日掛在建功嶼上方，紅霞傾洩在退潮後的海坪，還積著少許海水的窪地處霞彩深淺不一，東一塊粉淺，西一片紅豔，那應是仲夏黃昏，熱烈的太陽餘暉穿過採蚵人的衣物，彷彿把人身照射成半透明。終於那年八月，以不鏽鐵版裁製，踩著

長長的高蹺，身上鏤刻著許多細洞的「牡蠣人」（Oystermen）開始站立在這裡，成為永恆的海上農夫，這一幕方才還被初見寡聞的我誤認做金門神話中的什麼巨人族！

潮汐退後，一片礁岩地質的潮間帶露出來，不知哪一年，應是金門縣政府吧？還是軍方的人扮演現代摩西，在潮間帶鋪設一條四百米長的蛇形步道來連通本島與建功嶼，把退縮的海水完全解離隔開，讓我不必沾濕鞋子也能走近牡蠣人，我想瞻仰它們長年不彎腰剝撿石蚵，卻只顧眺望對岸的臉色如何？可惜鐵斗笠蓋得太深，只露出下巴，無法讀取它們的眼神與心情，只見許多黑色的蚵仔附著在它們的高蹺上，好像要往上爬的樣子，但也只能爬到漲潮後的水位。這時，西斜的日頭變得更垂更大更紅了，我希望能不被遮掩地欣賞這一幕絕對不同於台灣西部所見的落日景象，便循著這條摩西步道快步走向建功嶼。

小時很早就從大人的口中知道「日頭落山」是指夕陽西沉，也常聽到一首姚讚福譜曲的台語歌叫〈日落西山〉：「日落西山近黃昏，心狂袂食期待君，想欲趕緊來接阮，也好增君咱情份⋯⋯」，我雖然生長在嘉南平原，也從不懷疑所有人把太陽掉下說成「日頭落山」，但自從吸食了一些台灣的地理知識後，我開始明白平原之西的盡頭就是一望無際的大海，而且位處海邊的東石與布袋，地勢都比我站立的太保還要矮，所以東升西降的日頭只會沉入海，為何長輩們不說「日頭沉落海」，反而都把黃昏叫做「日頭欲落山」？難不成講著台灣話的先民「目瞷瞇瞇，葱仔看做棕蓑」，將駐紮在西天的一堵高低參差的雲牆看成一排被夕陽染紅的山脈？我曾經生出這些疑惑。稍長，讀到「白日依山盡，黃河入海流」，又熟識教科書裡的中國河山後，我確認「太陽下山」是古今所有住在亞洲大陸上的人的共同經驗，那麼「日頭落山」這個詞應該是吾村人的第一代祖先從福建隨身帶到台灣的，閩南變嘉南，可是話語搖身沒有變。此刻我在金門，看的就是名實相符的「日頭欲落山」。

看來，建功嶼上視野最佳最沒有障礙的地方就是九米高的鄭成功塑像所立足的高台，我想潮汐應該不允許我先進入旁邊的碉堡蹉跎剩餘的時間，因此直接爬上幾十階的高台去陪鄭成功看夕陽。看來，身著戎裝，腰掛佩劍的鄭成功只顧眺望前方的思明州，驚訝那個曾經站滿白鷺的廈門島如今長滿了高樓。看來，他的視線又像在瞭望泉州西郊的故鄉——南安石井鎮。好吧！四百年了，您還有尚未枯乾的鄉愁，那就盡情地看吧！也許這顆夕陽在你眼裡已經老舊，但這可是我的新鮮，第一次看到滿臉翻紅的日頭真的就要落入西山。於是我微微轉身，把視線投向左邊的那座現代崦嵫山。

時間暗自移步，又大又紅又渾圓的日頭已經垂掛在山頭上方一個拳頭遠的低空，

應該已碰觸到樹頂的尾梢了，眼前景色誠如白居易趕往杭州途中的一瞥〈暮江吟〉：「一道殘陽鋪水中，半江瑟瑟半江紅。」雖然我是專程來訪的遊客，但也只能一瞥，因為我覺得潮汐已經蠢蠢欲動，無法再等紅日盡落山中，必須趕在海水重新吞噬摩西步道之前停止初見「日頭落山」的感動！真是金門夕陽無限好，可惜建功嶼快要漲潮！

——二〇二三年四月八日完稿，五月二日定稿
原載二〇二三年八月二十五日《中華日報．副刊》

雙子城札記

在飛機上，我遠遠就看到兩簇「當通」（downtown）矗立在綠油油的地面，這片廣袤的綠色地毯鑲嵌著許多大小不一的碧藍水晶，看來多湖泊的明尼蘇達州到了，那兩簇當通正是名聲響遍美國的雙子城（twin cities），下飛機後看得更清楚，每簇都有四五座大樓突出機場外的那道翠綠樹城，雖然沒紐約與芝加哥的摩天樓那麼高，但在這片一望無際的平原裡，它們也像碰到天空，和雲彩共占長天一角。兩簇當通站得很近，似乎有意拚比一下身長，可是任誰也看得出，在密西西比河東岸的那簇較矮胖，是明尼蘇達的「府城」——州府所在——聖保羅市（Saint Paul），西岸較高瘦的那簇是本州的「上都」——上大都市——明尼亞波利斯市（Minneapolis）。

前兩天馬不停蹄的走攤已經妥善完納此行的差事，第三天可有餘暇來遊逛雙子城，至於要走看哪個景點呢？前一夜，我對著地圖考慮著。

在人類的歷史裡，美洲是一塊新大陸，但在地質學的演變史中，美洲大陸比歐亞大陸更古老，這塊大陸在數億年前就冷卻，然後生怕地心的熱能又噴發似的，冰雪把地殼掩封起來，直到一萬八千年前才慢慢融化，硬質的大地才漸漸露臉。那時冰河流過明尼蘇達，流向東邊五大湖之首的蘇必略湖，也在明尼蘇達留下成千上萬的湖泊，所以「大湖之州」又名「萬湖之地」，單只明尼亞波利斯市就有二十二個湖泊開放給人遊耍，按理在這座別稱「多湖城」（The City of Lakes）的城市，我該去玩水、親水、認識水，把放鬆的心情溶入「MINNE」這個字——印第安蘇族語「水城」——的語境中，在溫暖的八月天，看著青藍的天空分割成二十二片，寄存在水裡變做青藍水晶，這樣也許可以完整領會「青藍之水」的語義淵源，去想像本地原住民的祖先在「美國」還沒誕生之前的數千年，但這段歷史太長太遙遠，對初履斯土的台灣人我還沒能做到感同身受的體驗，何況又缺乏足夠的時間。此時抬頭看著陽台外懸掛在美國夜空的北斗星正指向南邊，彷彿提醒我明日下午還要趕到南方的奧克拉荷馬去和一群想念故鄉的台灣同鄉相見，所以我只有半天，頂多只能奔走兩個景點，那麼我該去哪裡呢？

雙子城對我來說是個極為生疏的城市，只曾經聽一位移民美國的同鄉說過他定居在明尼蘇達的明尼亞波利斯，這是一座公園城，市區有多座占地廣大的公園，已成當地的風景名勝，而郊區林木蓊鬱，遮天蔽地，每戶人家都像住在公園裡。既然公園是本地的特色，考量自己對文學的興趣，又想滿足濃厚的歷史癖，加上一點對現代科技的好奇，我選擇前往位於市區，南走靠近機場，東向緊傍大河的明尼哈哈公園（Minnehaha Park），如果時間方便，還可參觀相鄰的第一號水閘堰。

那麼多公園，而單單看上明尼哈哈，是出於對十九世紀美國爐邊詩人朗費羅（H. W. Longfellow, 1807-1882）的崇敬，並非因為他的詩歌〈生命頌〉（A Psalm of Life）是世界上第一首被譯為中文的英詩，而是這首〈生命頌〉——年輕人的心對歌者說的話（What the Heart of the Young Man said to the Psalmist）——曾經在我被憂愁纏身到以嘆息為日常呼吸的青少年時期鼓舞我，給我奮發向上的力量，

Tell me not, in mournful numbers,
“Life is but an empty dream!”
不要在哀傷的詩句裡告訴我
「人生不過是一場空夢！」

當年，吸引我、令我捧讀不懈的中文版但丁《神曲》就是譯自朗費羅的英譯本，然後我儘可能地在師專母校的圖書館尋找朗費羅，才知道〈生命頌〉只是他的一首著名的小品詩，他的最大成就在於人類最難創作的文學類型——長篇敘事詩，當我讀完他的《伊凡吉林》（*Evangeline*）和《海瓦瑟之歌》（*The Song of Hiawatha*）這兩部敘事詩後，覺得朗費羅應是美國最偉大的詩人，而將他與荷馬、維吉爾、奧維德、但丁、喬叟……等大詩人同列，視為世界三十二位最重要的史詩詩人之一，並暗中許願自己將來也有能力創作Epic（史詩）。其中《海瓦瑟之歌》便是朗費羅取材自蘇必略湖南邊印弟安人奧吉布瓦族的英雄傳奇所寫成的一部如夢似幻的史詩，故事場景就發生在雙子城，難怪明尼亞波利斯瀕臨密西西比河的東南角落會有幾處城區地名、大道路名、小河水名、紀念館名和景點名稱是以史詩的作者和角色來命名，「海瓦瑟」與「明尼哈哈」便是史詩故事的男女主角。

於是我沿著海瓦瑟高速公路來到密西西比河西岸的明尼哈哈公園，這座公園將近七十公頃，占地廣闊，景色天然，除了朗費羅之屋（Longfellow House）、明尼哈哈小寨（Minnehaha Depot）和一家餐廳、二尊雕像、三座亭閣以及數條遊園步道外，很少人造建物，滿溢著森林的原始綠意又不起雜草紛亂的荒涼感，感覺上這裡的人工已融入自然。

我在公園中放鬆心情，隨意逛覽一陣後，順著一條細流小溪走到一座雕像前歇腳，近看才發現這座青銅材質的雕像形塑一個立姿的男子，胸前抱起一個姑娘，男子高瘦，雙眼含情款款注視著女子的臉，而雙手攬住男子脖頸的女子也許是含羞或含傷吧？只顧低頭垂眼看著前方地面，任人一看便知這是一對痴戀情侶的雕像，不錯，男的是海瓦瑟，女的是明尼哈哈，一九一二年，公園的造景者設計師賀瑞斯（W. S. Horace）和銅像的塑造者雕塑家雅各布·菲耶德（Jacob Fjelde）一起把朗費羅史詩《海瓦瑟之歌》裡的一幕搬出來放在歷史的舞台上，就設置在這對鴛鴦飢寒交迫時的臨終殉情之地，這座公園便是為了紀念這段淒美的愛情，銅像刻烙的是兩人在跳崖之前的攬抱，文學的力量使兩人的攬抱緊緊黏貼成一座雕像，雕像後方是一道斷崖，小溪流到這裡垂掛出著名的「明尼哈哈瀑布」，接著很快注入密西西比河。我不能俯瞰瀑布深處，只能想像從斷崖下方仰望時，似乎看到他們正被斜陽映照在瀑布上的身影即使已經凌空下墜也仍然緊抱著！

多湖城的居民說這是美國的「羅密歐與茱麗葉」，雖然這兩對鴛鴦的事蹟迥異，但結局都以身殉證明深刻的愛情則相同，莎士比亞的悲劇靠虛構模擬現實，朗費羅的史詩是根據史實表現人生。我只在書裡看過羅密歐與茱麗葉相擁的素描畫像，卻在地上看到海瓦瑟抱著明尼哈哈的立體雕像，有著更加真實的感覺。最後，我站在雕像前憑弔這段浪漫故事，苦苦追想業已忘了一大半的情節，可惜只能抓回一點點籠罩在霧裡的蛛絲馬跡。現在身上已生滿銅綠的這對夫妻所站立的混凝土基座很原始樸素，咦！忽然間我看到基座上頭有刻字，正是《海瓦瑟之歌》的兩行詩句：

Over wide and gushing rivers
In his arms he bore the maiden
（在寬闊奔湧的溪河上
他把少女抱在臂膀裡）

我邊讀邊想，一個本土的故事，講著一段悲傷的愛情，有朗費羅的詩與這座紀念公園讓後世居民休閒並懷念，我想雙子城的子弟一定感到驕傲。這就是鄉土文化，浸淫其中，感觸在心，自然就會生出鄉土情。希望台灣將來也能有較多這種紀念鄉土歷史、以地方傳奇人物為名的公園，這樣台灣人就能在日常生活中培育「地頭之根」，人的感情與土地的神經緊密連通後，人會疼惜自己所生養的鄉土，以生於此地為榮；土地的病痛也會刺痛人的神經，想加以疼惜愛護。離開前，我再仔細看一下這座雕像，這時一位飄然如閒雲的陌生遊人很樂意幫我與雕像拍照，我說：感謝您！我從台灣來，喜歡詩歌，回家後會溫習朗費羅。

——二〇二二年一月十三日憶作

原載二〇二二年三月十五日《中國時報．人間副刊》

來去東北角

我想，一個城市，如果還有鳥兒可以自由來去地和人同住又願意自動自發地唱歌弄曲，表示這個城市親善有人性。所以之前當我發現廚房外的窗櫺間有個鳥巢時就讓它繼續留著，我也才知道原來這鳥聲並非只是在屋外短暫棲息的過路鳥所發出的鳴叫，此後三不五時會聽到熟悉的嘎吱啾，我就知道鳥兒沒離開，仍在吟詠快樂頌。但是今天我忽然想到，好像很久沒聽到牠們唸歌詩了！於是我好奇地上去看看，發現鳥兒已失去蹤跡？心想，這個城市已變得齷齪，所以妻子和孩子近來常叼唸我都沒帶他們去遊玩山水看風景。

是啦，這個城市的天好像被撒了一大片悶氣，顯露鬱卒的臉色，住久了會心生鬱悶，所以這個假日，我決定關起書房，開車載家人到更遠的地方，把沒見過的山河大地踅繞一番，讓山抱進風景裡，讓水洗滌心中塵，就可以和山和水相看兩不厭。

天色清爽，沿路往北開去。出門以前，我並未計畫目的地，所以只是一直前進，出城、入市、再出城，將駛入山林或開到海岸都可以，遇到陌生的村落就下車逛逛，這是我心裡的打算。半路上，兒子用埋怨的口氣問：「爸爸，你毋是講要載阮來去蹉跎，哪會無？」我答：「咱今仔就是在蹉跎啊！」

繞到台北盆地的北邊，日腳已經走到正中央，進入水返腳之後，路邊的山脈靠攏過來，越站越近，漸漸擠在一起，天空越來越狹窄，天色越來越陰濛，地頭也越來越生疏。沿路看得到的村落，每一個都沾黏著山野之美，尤其遠處的山村罩著一層白茫茫的雲霧，彷彿有人把天地當畫布在創造潑墨圖。沒多久，家屋越來越多，山腳、山腰、山頂，偎靠馬路的地方都被人扦插了一簇簇高低參差的樓房。

如果整個大台北算是台灣的頭部，那麼這裡應是台灣的額頭。沿路看到一些路標，五堵、六堵、七堵、八堵，再過去就是原名「雞籠」的基隆，走到這裡，我突然想到這些地名該是配合著地勢，到底已經鑽過幾堵山壁或幾座斜立的山？我沒注意算，但想必先民有算過才這樣「號名」，所以可斷定台灣人的祖先不是走海路來開墾東北角，而是從台北盆地進入，所謂「前人種樹，後人歇涼」，先民艱苦流汗所開拓出來的路線，恰好讓後輩的我們得以輕輕鬆鬆驅車來遊覽，這點我一定要講給我的後生、女兒了解，當他們長到懂得感念的時候。

遊覽風景，不可太貪婪，甭想一天就要走很多地方，所以我沒向較大的「雞籠」鑽進去，而是故意轉入另一條路，駛向那個我不曾走過的瑞芳地，一路來到台灣的北角，在瑞濱「陰陽海」附近的岩岸才停歇，這時已經下午兩點。

小時候在嘉南平原的海邊看海景覺得海很單調，只是一片無邊的水，海浪一波一波想要爬上沙灘，但爬沒幾步就前仆後繼陣亡了。不過東北角的海景不一樣，這裡山海相接，由於山壁陡峭，所以一心一意想爬到岸上的海浪，不是用爬的，而是用跳的，海浪好像盡逞力氣，遠遠就跳過來，可惜腳步、姿勢和準頭都沒抓好，個個碰到山壁都慘叫一聲又淪空落海，聽起來，這角落的海好像特別憤怒，而且都已抱定不成功、便成仁的決心在挑戰山，明知會粉身碎骨也不懼憚失志，攻勢一波又一波，然後哀嚎不絕，萬古如斯。不過終究也有一些山崖石壁被海浪大軍打破，崩落海岸，甚至被海征服而坍塌。傳說遠古時候十里外的基隆嶼和東北角的山黏貼在一起，後來中段的山漸漸陸沉陷落，才變成一粒孤懸海外的小島，我想那些陷落水面的陸地就是被大海吞食掉的！

我的右邊有一個小海灣，妻子說這個海灣很奇怪，海水一邊青藍、一邊紅黃，而且這兩種水色的界線分明，所以被人稱做「陰陽海」。本性好玄的我，聽到這種繪神繪鬼的奇蹟，當然會格外好奇而細看，果然「陰陽割分曉」，只是我更好奇它的成因，我的觀察是：這個海灣可能較淺，而且較可憐，因為附近有一間老舊的「淘礦」工廠，每天排放的鐵屎礦尿剛好在這裡合流入海，所以那片赭紅的海域就呈現染毒發病的臉色。今日一見，心裡不但不奇怪，反倒生起一陣悲嘆，啊！「陰陽海」，名號取得很對筒，原本活賁賁的海，一邊近人則死，另一邊遠人則活。想到這裡，我沒心情繼續「欣賞」，便從另一條山路拐進層巒疊翠之中。

這條山路起先不好走，但爬過一個小村再駛過一座橋後，山路變寬些，從路面既平且黑的瀝青又沒多少輪胎痕跡的樣子看來應是幾天前才重新鋪修過，所以路況雖然彎曲陡斜，卻很好開。沒多久進入一窪盆地，盆底是一簇只有幾戶人家的小村落，四邊的矮山像盆壁圍成一個大圓環。左邊山腰有一尊很大的黃銅色關公塑像坐在一間寺廟的屋頂，我誤以為這個美麗的山村是九份，便往銅像的所在開過去，抵達後，看廟邊人家的門牌才知這村叫「銅山里」，銅山的人文景緻在我這個成長於嘉南平原又長年窩居城市的人看來，真如台語說的「從生目睭不曾看過」那樣罕見，自廟頂看下去，田園、小學和家屋都坐落在臉盆底部，每戶屋舍坐北朝南，偎靠著北邊的山腰，而對面南邊的山腰是此地的亂墳崗，也像是一間間有門戶的塚屋，如此陰陽對看，別有天地。

我想，在交通不發達的古代，這個山坳就是一個桃花源，可見得地上雞犬平和相處，樹上鳥隻歡喜爭鳴，天上雲朵停步駐紮，我本來也想在這裡逗留久一些，打算順著廟前的梯形棧道走進村裡蹓躂，可惜冬天的日頭較短，尤其在這個雨水特別多的山區，陽光一轉弱，烏雲很快就聚攏過來，所以我們只待了兩支香的時間就趕緊動身，希望在黃昏之前可以駛出這片被群峰圍困的陌生地。

——一九九三年一月十六日台語原作，發表至一九九三年《台灣文藝》

轉錄於一九九三年十二月《蕃薯詩刊》第五集

二〇二一年十二月二十一日中譯，二〇二二年二月十四日修改定稿

中文版載於二〇二二年三月二日《人間福報．副刊》

故鄉墳城衰微記

一九七八年初冬，第一號高速公路全線通車後，每次回到故鄉，我總會站在村前的恩主公廟口——小時候常逗留的地方——張望嘉義交流道上方的車流，一彈指，想像活躍起來，「騅駓駰駱驪騮騵，白魚赤兔騂騜鶬」，彷彿看到蘇東坡的〈牧馬圖〉在動、在變形，變成一幕電影，各色品樣的大小馬匹在天路上奔馳，南來北往都是騏與驥，病驢瘦駑不得上大路。

翌年初夏，走高速公路的公路局（台汽客運）和幾家野雞車開通台北—嘉義線後，我好奇嘗鮮，不坐鐵路火車，改乘馬路巴士返鄉，進入縣境，血液開始悸動，近鄉情更怯，又是我首次可以從高處瀏覽家鄉風景，過了牛稠溪橋後，被文明栽植了幾座洋房的老家村落便收入雙眼，雙眼彷彿錄影機那般逐一拍取小時候的記憶，似乎連故鄉的溫情也被捕捉到軟片裡，在我的眼瞼中栩栩然沸騰起來。剎那間，住著吾村先人的那片墓仔埔衝進鏡頭，墓碑似門，陰宅亦宅，覺得這座處在村野的亂墳小青落已擴大範圍，顯示「人口成長」，心裡直覺它就像一座「墳墓之城」，小時候到此放牛、割草、掃墓，即使在墓園中踏破數雙草鞋布鞋也不曾產生這種感覺，卻在當日高速的嘶嘶聲裡看到它成為迷人的墳城。

回家後，放下行李便騎車出村，直奔東郊墳城。自從四十年前，跟隨父執輩來為早逝的曾祖父撿骨，將骨金裝罈重新安葬在城外的竹林僻地後，就很少再走進這座墳城，直到有一回因為感念二叔公生前對我的關照恩情，才邀同小堂叔前來探望叔公的墳塚並奉上一番喃喃祭禱，這也大約是二十年前的事了，此後記憶中雖然不復入城來，但仍然會敲擊我的心念，馬奎斯這樣說的吧：故鄉就是埋葬祖先的地方。所以這裡也是一種故鄉，它和吾鄉村人連通著的血緣，可以溯流迴之到遙遠！

我到達時，太陽已經偏西，燦爛的霞影餘暉披在那排墳城邊緣的竹林上，有一些光芒好像被竹葉篩過，形成管狀的光柱斜射在近處的林投樹上。林投樹叢就像是這座墳城的西城門，小時候每逢三日節或清明掃墓，以及偶而與童年玩伴來這裡採割林投的帶刺脩葉，大多是從這個角落進出，城門前曾矗立著一根石柱指明這是本鄉的第十八公墓，如今這支「路觀牌誌」已傾倒，城門左側原本「埋居」吾村首富之葉家大媽的那座碩大堡壘已消失，想必她的後嗣也為她「扶金」了，原地只剩一片蕀苓占據的小草原。

墳城北郊原有一條滿身生鏽的台糖鐵道，小時候每逢砍收甘蔗時節，來這裡割牧草或遊玩的小朋友，包括我，都會在這個路段和使力拉著滿載甘蔗的拖板火車同行，看年邁的蒸氣火車母氣喘如牛地爬著小斜坡，並且放慢速度彷彿拖不動時，趁機在最後一節偷抽幾根甘蔗，直到會社的隨車人員發現時吹起急急如律令的哨子才罷手。大約我進城讀書的青年時期，不知為何村人不再栽植甘蔗，於是這條專運甘蔗的五分鐵道便壽終正寢，變成死蛇般躺在那兒，想像裡只能載著往來的鬼客神差吧？而現在，不知哪一年，連鐵軌也被移除了，只留存在我的心裡和夢裡，因為夢裡，我曾經有一次不知為什麼會在日薄西山時，必須孤單一個小孩從溪底沿著鐵道回家，踽踽涼涼地走到墳城這一段時，忽然出現兩隻惡鬼跑來要抓我，我一驚嚇，開始落慌狂奔，可是不知為什麼明明用力奔跑卻覺得土地有吸力般，腳步變得很沉重，正要被惡鬼抓到時才驚醒過來。

想到這裡，我穿過草原，跨步走入墳城，幾株朽木橫徑，一朵一朵的紅色大靈芝裡豁然湧出一群一群的螞蟻雄兵攻過來，我縱躍幾步，迅速閃過。原來墳城還有這般凶猛的陸軍在守護。放眼看去，看出斯城也，依三尺之山，傍五寸之水，風光若江南，但此地不是江南，而是流經故鄉這段牛稠溪的南畔。早年，當我逸興遄飛時，會把每座墳塚看做每戶鬼家，想像《幽明錄》與《列異傳》分處西、南兩區，《冥祥記》在北埠，《靈鬼志》在東津，蒲松齡的《聊齋》就在水街十三號，那麼即使有古代遊魂飄泊到此地，也應有一席棲地讓祂寄鬼籬下，前方埠頭之巔的一間簡陋小屋，就是收容無家可歸的大眾陰廟，少年時，小堂叔有一次帶我到這片墓仔埔採食一種叫「刺波」的野草莓就曾經走到那間陰廟，也在小堂叔的膽量加持下，我小心翼翼地把眼睛湊近壁上的小洞，窺見裡頭原來儲藏著成堆的骷髏，此後將近一甲子不曾再走近，今天我也不想再深入市區，因為西斜的太陽已轉弱，沒有足夠的陽光可供四處蹓躂了。

我只就近看看被草堆蒙住的土墩和土墩前的墓碑，墓碑如門，刻著「渤海」、「龍巖」、「延陵」、「天水」、「潁川」、「江夏」、「南陽」……，以此表明死者生前的堂號身世或淵源，由此看來，吾村不但沒有省籍歧視，還曾經住著齊桓公的子民之孫、吳季札的同鄉、諸葛亮的鄉親和愛洗耳朵的夷齊族裔……，不知他們的後人是否還定居吾村，也許已有不少村人舉家棄農北漂了，因為在過去三、四十年間，自從政府開始把台灣北部的農地一甲又一甲畫做工業區，並設定嘉南平原的沃野千里還需繼續種稻米，這裡便開始人口外流，流向更能生長金錢的北地，於是早年被譽為台灣精華區的平原反而成了鄉窮壤僻的草地，連帶的這座墳城也衰微了。

記得四十年前，我恍然一瞥，忽見這片公墓也如人間桑梓的起落變遷，由村落「發展」為城鎮而叫它「墳墓市」時，特意不為掃墓祭祖，只為觀光遊覽而入城，那時我看市中心，每戶陰宅都面曠背山，在有限的土地上也要體現堪輿家和地理師的學問，結果顯得擁擠不堪，最後雜亂無章地擴大範圍，亂墳離落的郊區伸展到原先的番薯田。於是我突發異想，覺得墓仔埔也應有都市計畫，認為活人應為死人想，除了替祂們築一戶舒適的家，讓鬼有所歸，乃不為厲外，還要把墳城規畫成公園。相對地在人口爆炸的台灣，人還生，鬼不死，鬼簿恐已滿，所以死人也應為活人想，不與生人爭土地。數年後希望有高樓在這裡長出，每座高樓住著一家鬼族的屍骨，甚至所有作古的村人都可以同處一幢大廈社區。如今看來，這個異想中的高樓大廈彷彿以另一種形式實現，幾年前開始矗立在西村南郊的公立納骨塔就是墳城往天空長高的應驗，我猜想舊墳之主被子孫撿骨後，應是被重新安家到納骨塔，加上火葬之風吹偃土葬之俗，使得墳城墓厝漸稀疏，這樣，墳城衰微反而是好事。

最後，我的思緒竟然遊走到自己生命的終點時，自問當我歸去來兮那一天，我應如何處置這身行將腐臭的皮囊呢？想著：讓烈火煉化成灰燼是必然，但這一公斤重的灰燼還需占據半坪土地或三分之一立方米的塔位嗎？既然古詩云：「古墓犁為田，松柏摧為薪」，亞歷山大的屍泥都會成為野花的肥料，凱撒的朽塵曾被土水匠糊入一片牆。那麼叫風吹向天，叫河帶向海，無論何處都能塵歸塵，便是我的老有所終，管他靈魂飄飄何所之？也就用不著唸經超渡！

思緒如潮躍過彼岸，看到自己人生的結論後，也看到被彩霞紋身的雲開始由紅轉黑，夕陽已落入地平線，我不能再踟躕，便踩著微弱的光快步走出墳城。

——二〇二二年二月十日完稿

原載二〇二二年六月十五日《聯合報．副刊》

窗間也能盡量神仙

古人好修仙的動機不外嚮往神仙有超能力，能來去自如，過著悠哉自在的生活，只需餐風飲露，吞食日月光華，便可永生。

南朝最荒誕不經又荒淫無度的齊廢帝蕭寶卷在登基後的第三年，宮中失火，延燒十餘殿，後宮房舍也焚燒殆盡，這時他聽到四周有鬼哭神嚎，彷彿在誦讀漢代張衡的〈西京賦〉：「……有憑虛公子者，況青鳥與黃雀，伏櫺檻而俯聽，聞雷霆之相激，柏梁既災，越巫陳方，建章是經，用厭火祥……」，於是勞師動眾，大起新宮七殿，又為貴妃潘玉奴起造寢宮三殿，全部雕梁畫棟，飾以金璧，極力仿效神仙身段，卻過著奢靡生活而耗盡國庫，以致一年後遇反被殺，死後不但帝號被廢，還遭貶謚「東昏侯」。撰寫《南史》的李延壽在〈齊本紀〉中，描寫潘妃的居所有一句寫道：「其玉壽（殿）中作飛仙帳，四面繡綺，窗間盡畫神仙。」這樣光靠金錢假造的神仙形貌自然無法使他們享受神仙生活，就連可以讓想像逸興遄飛，飄飄欲仙的神仙意境也不可得。

從小我就很喜歡窗戶，尤其喜歡牆壁上長著一面大大的窗。長大後，讀到南齊宮殿的窗戶小故事時，就斷章「曲」義，把那句「窗間盡畫神仙」轉化成「窗間盡量神仙」，表示我喜歡倚窗而望，讓精神像神仙那樣來無影，去無蹤。

我出生到小學所住的房子是一棟由土埆厝翻修而成的老屋，窗戶本就稀少且小，但有一個房間，也許因為要當我父母新婚的臥房，所以老屋翻修時才將整堵由渾厚土埆壁構成的後牆鑿出一口面向北方的矩形大窗，窗戶下就是我和幾個弟妹與父母共擠的大通鋪。小時候，我家前庭很小，與鄰家後牆只有咫尺之遙，視野被嚴重拘限，只有望向屋後，想像的觸鬚才能隨著視線盡情伸展，因為北窗之外，依序是我家的後院空地，接著是低矮的柴房與牛稠，柴房背部長著兩棵大樹，大樹後方是簡陋的矮小豬稠，豬稠後方是遠房親戚家的大埕，最後才是會阻礙到視線的大戶人家的屋瓦。只要我小立眠床上或坐在窗檻上望出去，便有一幕廣闊的景色任我眼睛徜徉，所以我特別喜歡這扇北窗。

後來，長居市區，門前窗外都是水泥磁磚牆，這種閒情逸興似乎就夭折了。直到三年前，朋友夫婦提供一棟被他們「廢棄」在尖石山上的木屋給我安居，我的神仙細胞才又復活起來。

也許因為春天還夾帶著冬天的尾巴，北地山區的春天常冷得像感冒那樣落雨流涕，雖然流走冬天，還不能大開門窗，把天潮地濕引進屋裡沾染家具和加重棉被的霉氣。必須等寒流飄去了，有能力趕跑烏雲、衝破烏鴉天的太陽才會上山蒞臨，但晴天不夠長，時不時猶需孤館閉春寒，通常要到清明之後才能長時間打開窗戶，這時總算可以迎接耀眼的陽光把一頃美麗的山景帶到眼前，雖然春天所「賭」無多，也仍舊歡迎她。

我曾說：大自然的風花雪月沒人搬得了，應該走出戶外，可是過去長居市井中，只覺城裡暮春的戶外，已是陽光過多，風又懶惰；鳥語太少，而車聲太噪。那時很嚮往有朝一日能遁入深山，深山的日頭很溫柔，會撒嬌的雲霧能把夏天軟化成春天。果然，自從安居山中之後，不必出門跋涉，也能享受自由自在的神仙生活，所以遊春只需靜待家中打開窗，讓本來就徘徊在窗外的一大片春天走進來陪我讀書、寫字、飲茶、喝咖啡，同時品聞瀰漫在清新空氣裡的草香，這些芬多精令昆蟲畏懼，卻能叫人精神奕奕。我想，綺麗動人的春色比較不愛走大門，而是喜歡躍窗而入，就像茱麗葉的愛情，父親幫她選擇的未婚夫巴黎斯（Paris）都從前門進出，而自己愛戀的男朋友羅密歐都爬窗來會，這表示窗比門更富浪漫主義也更具結構巧藝。戶外的風景往往顯得雜亂無章，但經過窗子剪裁後，會把焦點集中，變得格外美麗，這應是風景圖片總讓人覺得比同一地的現場實景好看的原因吧！

最古早的房子，窗只是門的附庸，做為通風、借光或探視之用，由通風孔到牖戶再到各種形狀、大小的窗，比如花窗、天窗、落地窗或隋煬帝的「閃電窗」，都是文明進化與愛美的結果，而最能享用窗的好處者，應該是那些愛在紙上爬方格子的文人，文學家喜歡在窗下捉摸靈感，他們的精神、或者說靈魂幾度自由出入窗戶後，便有《南窗小札》、《西窗獨白》、《東窗集》、《北窗炙輠錄》等等著作問世，在他們眼裡，春天可以被嵌在窗戶上看，而且只需一部分，因為這種春天才有主題、結構，就像畫家寫生或攝影家拍照，只選擇一幅風景，這幅風景鑲了框就有了完整性，給人自給自足的感受。同理，岑參坐望窗外時有感而發：「萬嶺窗前睥，千家肘底看」，是他的窗戶幫他攝來一幅景象而且緊緊逮住，才讓他可以放在肘底看個夠。王維覺得「窗外鳥聲閒，階前虎心善」，這恐怕也是因為他在屋裡，有了窗戶的保護和陶冶，才產生文藝心理學的移情作用，把他的閒情與祥和心境投射到小鳥與老虎的身上。

至於陶淵明應該是窗戶的知己，能感知窗戶的隱能，一倚南窗邊或一臥北窗下就變成「憑虛公子」神遊到無何有之鄉，彷彿連窗子也出遊了，他在辭官歸隱的〈歸去來辭〉中自況「倚南窗以寄傲，審容膝之易安」，在寫給五個兒子的〈與子儼等書〉中說自己「少學琴書，偶愛閒靜，開卷有得，便欣然忘食。見樹木交蔭，時鳥變聲，亦復歡然有喜。常言五六月中，北窗下臥，遇涼風暫至，自謂是羲皇上人。」對陶淵明來說，只要有窗可以憑眺，陋室便等於桃花源，也就讓他太上忘情，悠然似神仙。我想，在同屬魏晉南北朝的騷人中，要是張華、郭樸等前輩或鮑照、庾信等後人的心境修為能有陶淵明這種天人合一的境界，何需到處爬山越嶺，尋找蓬萊，豔羨雲霞，採摘奇珍異草，披荔戴蘿，故作遊仙詩，冒充赤松子？

我非陶潛，不敢自比羲皇上人，但應稱得上「水田散人」，小時家中務農，耕植十幾畝水田，現在遯居尖石山中一個名叫「水田」的部落，全由木造構築起來的柴板牆壁上也開闢許多塊裝著透明玻璃的水田，人在木屋裡，即使門窗緊閉，只要拉開窗帘，大自然就會走過來和我親近，東窗可以迎迓朝曦，看著遠方更高的山脈像一堵凹凸起伏的綠色城牆；西窗能夠收藏落日，遠眺粉紅的霞雲像一座建在海邊的赤城，南窗和北窗也會框到一面獨特的風景。感覺上，經由窗子邀請進來的春天尤其溫馴，總是服服貼貼任我逗弄，絕不傷人，就像關在圈籠裡的飛禽走獸變得很溫馴，可以任我觀賞，相望不相厭。

落雨紛紛時，關起窗，聽山雨演奏白居易的〈琵琶行〉，時而達達敲著大珠小珠落玉盤，時而沙沙刷著幽咽泉流水下灘，像要滴進來，卻是在玻璃窗上畫珠簾，幻想神經就跟隨雨聲飄舞起來，就像閉起眼睛，反而可以回憶和想像也是多麼愜意啊！

而當山中雲氣崒兮直上，霧籠山頭時，看似一縷翻湧的白紗繫在數座層峰間，眼前就像掛著一幅國畫，那動感彷彿北宋畫癡米芾正拿著毛筆在畫他的〈春山瑞松圖〉，這張活生生的山水圖，百年畫不盡，被南宋道人白玉蟾看到，有感一闕〈水村吟霧〉：「淡處還濃綠處青……猶似簾中見畫屏」，於是這位酷嗜陰陽符咒之學的白玉蟾也就爬上山頂，進入傳說，乘著濃霧羽化登仙了。

也許在構成我的生命的成分中含有微量的「羨仙體質」，加上古代詩賦、戲劇的作者總愛把方外高人與神仙隱居的地方說成仙境，此境總在「雲深不知處」的山裡，所以早年看著國畫中雲霧繚繞的山景總會給我一種仙境感，現在遁隱山中，我的神仙逸趣也常被類似的畫境誘發出來，特別是「水霧雜山煙，冥冥不見天」的濃霧彌漫時，我見山谷對岸的屋舍被霧籠罩在虛無縹緲間，想必他們見我的木屋也在矇矓的霧裡，看著霧氣飄浮移動，彷彿自己就在騰雲駕霧，飄然如憑虛公子！而當天氣放晴，有時看一朵雲停坐在山頭休息或貼在山坳久久不去，也會想像山是不是受傷了，所以綁著紗布，等到雲朵飄走，再現蒼翠山貌康健如初，就覺得有仙則靈，山總能迅速自我療癒。

現在我倚南窗，寄神遨想，成為窗戶的一部分，讓草木花香把我溶化在仙境裡，靠想像就能使自己盡量神仙，何需畫一堆神仙圖來陪伴呢！

——二〇二三年一月二十八日完稿

原載二〇二三年六月二日《自由時報・副刊》

隱士的四季偶拾

春：葬相思於花下

眾生有靈相感知，人鳥有犀能相通。這種美麗的飛禽俗稱「五色鳥」，也許因為他們這一禽無論公母都身著斑斕的五彩羽衣，被早期的台灣人喚做「花仔和尚」。但這一隻棲身在我的木屋旁的肉桂樹裡，長期伴我起居的雌鳥，我在初見她時就很喜歡她，幾日不見身影又未聞聲音竟然也會生起想念之思而為她取名「相思」。

美麗的相思，生前常在我木屋外的樹欉鳴歌，取悅我的耳朵。

我每見相思身影時，她總在緊臨陽台的竹林、肉桂木和樸仔樹間跳弄輕巧的小步舞，難道她也想吟詠我寫的詩？不，應該是想要指導我填詞？糾正我的詩句裡的音步？所以見我形單影隻，全身彌漫著孤獨，在十坪大的戶外高唐臺讀書、寫字，眉頭緊蹙，強忍嘔心之苦，就飛過來陪伴我，以歌聲暗示韻律曲譜。

當她啾啾然詠唱時，我好像可以聞到濃郁有致的芬香，我就知道她來了。

可惜上星期，我有事下山去，回到臃腫的城市裡開會辦事，又被一個有憂鬱情緒的詩畫界老朋友逼迫，叫我為他的一本準備震撼人心的新畫集聊作一序而耽擱了返山歸期，由於渴慕相思，以及運送一袋狗食，昨天才速速趕回山上。

不見相思，只聞幾聲悽愴。夜深就寢後，一夜相思未眠。

今早起身，正在為一黑一黃的野狗備放飼料時，忽然發現美麗的相思鳥母坦胸倒臥在木屋前的地上，顯然是剛死不久的身軀，肥體壯羽如生。我想著：難道她是為了找我，也飛抵紅塵去到人煙密集之處，因為不知要戴口罩，不幸被武漢肺炎所感染，回山後，繞樹三匝，無枝可依，成為禽族的第一個確診案例而死亡者？

這麼近距離地看著相思，多麼漂亮的女子鳥！於是我，以夾代指，將她翻身擺正，再將她置身球形奠壇，使如活鳥的美麗姿勢，並獻上幾束活生生的粉紅鮮花為祭，復作一闋悲騷，歌曰：

相思安息兮，情願葬汝於花地！

無汝吟曲兮，吾恐無力造詩意！
幸有手機兮，留影長存電腦裡！

最後我把相思埋葬在一株盛開中的美麗櫻花樹下，近處又有即將綻放的桃花為鄰，印證相思多麼美麗。

把相思埋葬後，就寫這篇小文，寫完，天轉陰，開始替人垂淚雨！

（二〇二〇年三月一日寫於尖石）

夏：有機種植條列記

序：夏蟲不可以語冰，卻能精準嗅到我的有機菜圃。俗話說菜蟲食菜菜跤死，而實際是菜蟲化蝶去了，死的卻是我辛苦種植的菜啊！

1. 數月前，為了有果菜幫忙果腹，尋找一塊荒草萋萋之地，開始把它闢為菜園，希望成就可食用的芳草萋萋。

2. 一位剛到附近買了山地，開始蓋起新居的李先生，雖然才認識不久，熱心的他隔岸看到我拿著鋤頭在墾荒，便載來一台小耕耘機來幫我犁土造壟，把我原本預計要汗滴一星期的工夫濃縮成一小時。感謝！

3. 鬆土後，地上翻出許多大小石頭，我一一撿拾，把石頭棄置旁邊，堆成微型金字塔。

4. 我見黃土無肥，幸好在下方的水窪處覓得黑色泥地，便去挖來許多黑土為菜園添加營養劑，使成六坪大的沃野「千鳌」。

5. 找到廢棄水管，加以連接後勉強夠長，再到上方接水源，把山泉導引到菜園。嗯，一切就序，只欠東風吹來菜種，簡單，便從平地帶來幾種菜籽，撒播下去後勤照顧，看著種子孵芽，長出一小片一小片的快樂，彷彿淺綠色的歡喜。

6. 一個月後，眼見葉菜成形，以為來日有機會不必下山買菜了。堅心不撒化學肥料，更是拒噴農藥，怎知蟲族翼獸聞香而來，被牠們捷足先登了，全園只剩枯枝倖存。

7. 重新綢繆園地，尋得一些山中人廢棄的破舊塑膠網，經過裁剪縫紉，還堪廢物利用，便決心將園地改造成有機網室。

8. 於是籌劃藍圖，開始砍竹設欄杆，圍繩架條，幾番奮鬥後，終於完成這間廣達三千釐平方寬的低矮網式菜園。

9. 當我不在時，濃霧多情，常會來幫我潤濕重新植下的希望。

10. 偶而有客從平地來、有朋自遠方至，不管是白丁還是鴻儒，也無論是小說家還是詩人，那怕是五子下九流還是三公上七流，只要你喜歡，就能入園來，動手自拔幾束帶回去。

11. 好了，要一心一意閉守書本了，雖然這一座堆積數年才有的書山之中沒有顏如玉，更不期望可以在書裡找到黃金屋，也要認真讀書，不怕辛苦與孤獨！

12. 此刻正當武漢肺炎肆虐時，想著彼美人兮在何處？

（二〇二〇年四月二十二日記）

秋：落葉讀詩的結論感

小時候，就喜歡讀詩，好詩、壞詩、歪詩以及不是詩的詩，都讀，只要看得到又時間長又高。那時，看到兩三個古人走入國語課本，各自唸著他們的小小絕句，稍長，又看到許多作古的詩人從《唐詩三百首》和「宋詞選粹」走出來教我怎樣吟詩，雖然有些詩句看不懂，更不懂平平仄仄，但無論懂不懂，都覺得文字裡的情境與風景都很美。原來這時，我已經被薰陶，又被誘惑練習，把胡寫句子、亂套格律，當做自己在寫古典詩。

大時候，還是愛讀詩，有韻、無韻、分行、不分行以及排成字圖模樣的詩，都讀，只要有人說這是詩。這時，已經白話當道，老師說白話文寫的詩叫新詩，想來應該是相對於古代文人寫的那種有格律規範和每句字數要求的古詩，新詩變得好讀和容易懂了。可是很多活在文壇的詩人都把白話詩叫做現代詩，這是另一種新詩，看樣子和較老的新詩很像，都是分行排列，但似乎都不押韻了，也常常不標點，而且有一種現代詩，讀起來幾乎每個字都認識，可是常會叫人感到莫名其妙，覺得句義、段落到整首都不知所云，我也開始學起這種奇門異派的現代詩，而沾沾自喜自己也有能力

「扭斷語言的脖子」，能夠製造出這種可以「考倒國文老師的新詩」為榮為時尚。那時節，讀這種詩，不管懂不懂，總是投以一股熱情，樂此不疲。

老時候，用力保留興趣想讀詩，但詩像一片片落葉，隨著洪流排山倒海衝過來，我倒在紙堆、網堆、落葉裡，成了沖積平原的一片活土，忘了什麼叫做是詩、疑惑自己到底懂不懂詩。因為詩刊紙上、網路線上，每天每月堆放出許多分行排列的文字，無論作者是誰，都會在字裡行間種植花草樹木摘落葉；都會乘風掠日捕星月；都會吞雲吐霧吹霜雪；都會把無邊無際的感情潑洩，看來好像眾志成城，萬眾一心，假如你的詩掛她人的名、他的詩標為妳的作品，大概也行也通，因為內容雷同，風格相容。

在這網路猖獗、紙本副刊萎縮的時節，手機畫面大量出現一種極為短小而不精幹的拙劣散文，只因文義簡略，文法破裂又分行排列就被叫做詩，比如「我在夜裡喝酒／不小心醉了／抓到一張警察開的紅單／很值錢，就小心睡了」，這樣平淡無味也是詩，於是人人都成了詩人，只要能寫上幾句，隨心所欲自由斷句，同時分裝文字，排成詩的模樣就是在寫詩。到底這是詩的進化還是退化呢？可嘆啊自己！活著，一息尚存的餘生，漸漸抓不到詩……。

季節入秋，秋老虎挾著夏日餘威依舊逞凶，我這片還堆疊在表層的活土，渴望樹蔭以及一朵濃稠的烏雲。

（二〇二二年九月十日見落葉枯脈如一片詩痕有感）

冬：我也許誤會了松鼠？

自從夏季開闢菜園後，試種了幾種菜蔬，把耙梳園地當做讀書疲勞時的休閒，也視為一種健身運動，以免整日閉關書房，筋骨老成「不動明王」。

看雜草可以被春風到處吹生，以為種菜亦如是，豈知要種植成功也不易，仍要懂得一些蔬菜的個性和專業知識，還需配合季節和辛勤照料才有收穫，偶有收成就滿心歡喜，失敗也不餒氣。

山中遍布竹林，便就近砍竹搭起兩個棚架，讓初秋植下的菜瓜（絲瓜）與金瓜（南瓜）有棚可爬。

時節入冬，山上漸冷，葉菜類開始萎靡不振，只剩金瓜由於葉厚藤粗能耐寒，還肯締結纍纍果實，自當對它呵護有加。正在欣喜果然像人家說的那樣「種南瓜最易得金瓜」時，我的菜園周遭及瓜棚上下竟開始出現可疑的失竊事件——亦即最近二個月，已陸續遺失十三個南瓜。起初是大的、即將黃熟的、可看得到甜味與香味的，後來連只拳頭大小、還處碧綠面貌的也會消失無蹤。怪哉？

我從不懷疑山中的善良居民會趁我下山款貨時來幫助南瓜逃離我的愛心掌控。我原先是把猴子、膨鼠、鵯鶋、大藍雀列為可能的嫌犯？繼而幾乎斷定松鼠是唯一的凶手，因為常看到或聽到松鼠在我的屋頂及周邊的樹木與竹叢間穿梭徘徊，當我現身時，有隻松鼠的動作變得鬼鬼祟祟。

但兩星期前，我走出房間，站在陽台招呼遠山，正要舉手把美麗的山景拉近時，忽然望見樓梯口左下方的菜園小徑上有一隻肥贅贅、矮鄧矮鄧的猴子迅速爬走，應是已發現我，才向前方的高丘逃逸而去。想想，有力量摘下大顆金瓜並帶走，又能破壞我後來為金瓜裝設的防護袋者，應是猴子了。

至此，我想我也許誤會了松鼠？

接著我用套袋法及遮掩法來保護我的辛勞結晶，可惡！還是被「宵小鼠」或「大盜猴」破壞了，真是傷腦筋！

現在我已想到一步既不傷到南瓜發育又能方便雌蕊受粉還可護衛果實免於侵咬仍

能領受陽光舔舐而安心成長的祕招。要是此招仍被破解呢？

要是此招仍被破解，那麼，松鼠們？潑猴猻？你們可別怪我生平首次動用我的殺手鐧來對付你們——即效法我的一位已故老前輩，曾獨居在華爾騰湖畔的美國隱士梭羅的絕活！

（二〇二一年十二月五日想要狠心捕鼠掠猴又不忍心而作）

——原載二〇二三年六月十二日《中華日報・副刊》

鼓勵青蛙爭自由

在新竹縣尖石鄉那羅溪畔的「青蛙石」風景區中，正對著那顆青蛙石的地方擺著一首我與青蛙石結緣後所寫的小詩叫做〈石青蛙的美思〉（Myth of The Fossilized Frog）：

風把一朵雲彩雕塑成蜻蜓
貼在那羅狹腰的一牆錦屏
映入青蛙眼睛變做大蚊蠅
牠想只要吞下便修煉成精
無奈山壁高聳又水聲急行
讓牠望穿千年仍不得要領

徒留石化的身軀殘存一點心情
招引遊客踏著彩虹來按讚投影

這詩裡，把我揣度這隻千年老蛙的心情及其想望寫進青蛙石的神話，使神話更神更美化。也許，這隻青蛙認為我有道盡牠的心事，想要感謝我或進一步認識詩的作者吧？自從〈石青蛙的美思〉被鄉公所裝置妥當後，就開始有多隻大青蛙現身在我隱遁的尖石聆雨廬的周遭高歌，有時還鑽過門縫進入木屋裡低吟，這侵門踏戶的大眼「四腳仔」一旦被我發現，很快就被我抓來做客，少則招待一夜，多則拘留幾天，然後對我不告而別。

青蛙們可能不知道我小時候就是一個捕蛙高手和釣四腳仔的能人，但也可能是那隻石青蛙叫牠們來的？我的聆雨廬位處油羅溪上游，在另一山脈的甕碧潭之巔，比青蛙石所在的那羅溪床更高四百米，如此得須跋山四百米高，再涉水十公里遠才能抵達，這趟對兩棲動物來說堪比蜀道難的路程實乃非人所可思議也？

青蛙來訪，越來越靠近，起初在屋前樹下、草叢，接著到門口、到樓梯下。今天這隻乾脆就直接進到木屋裡，靜坐在一樓休息，會是在等我回屋嗎？當我工作完，從後門進屋走向前門時看到牠，「好大，比上回那隻還老還大！」是名副其實的「老水蛙古」了，我心裡驚訝地想，一點也沒嚇一跳，於是猶豫時遲，決定時快，立刻將牠逮捕，並且把牠暫時收押在我鞏造的半坪方塘中，讓牠與苦花（鯝魚）、山鰱仔等長居山中的溪魚為伴。

老蛙入池游來游去游不出去，終於找到一處我為溪蟹準備的突出水面的露頭（outcrop），可以坐著休息了。

對待這隻年邁的老蛙，我打算隨便牠，要留要走任牠便，只是想躍出這水池周遭的帆牆布壁可不容易，不過，我還是鼓勵牠最好逃出我的慈掌，所謂「慈掌」，是因我不殺牠，更不會吃牠，而且還會想辦法飼餵牠。然而在我的慈悲掌控之下，雖不致死，可是會一如我所信仰的「不自由，毋寧死」，所以我臨走時對牠說：「老水蛙古，你要奮鬥，爭自由。」於是，就在我幫牠拍照留影時，噗一聲，開始尋覓拘留所的角落，奮力爬牆，不知是否膠質的水塘牆壁已經長了青苔，牠舉掌攀爬幾步又掉落，「你再接再厲吧！」我說完便走開。

誠心誠意的鼓勵是有用的，當我吃完午餐，再來探望時，已不見老蛙蹤影，心想牠真的走了！可是不久，又被我偶然發現牠正縮緊身子，躲藏在帆布牆的拗褶裡。

「你累了嗎?在休息?」莫非愛上這個我用手工營造的小水池，看池裡有水草、有睡蓮、有小魚、有蝦有蟹有石螺，又別有石頭與磚砌成的迷你洞天，想把這裡當做理想的棲地來安享晚年?我這麼想著，不再擔心老蛙的前途，就尊重牠的自由意志吧!哪天牠想念森林，打算返回大自然，只要稍加把勁，離自由，只在三個蛙步之遙，甚至只需一跳。

——二〇一九年三月十九日面冊小記，二〇二三年三月七日修訂
原載二〇二三年三月十七日《人間福報·副刊》

我的早餐過去式與進行式

一日之計在於晨，這個「計」應該要把早餐放入思量吧？

小時在家，最常吃的早餐是「菜糜」（青菜粥），也許因為家窮，也可能受到古代幼學教材的影響，那本以「天地玄黃，宇宙洪荒」起頭的《千字文》中關於食物，教人「果珍李柰，菜重芥薑」，所以我家的「番薯籤糜」常會以薑母片、醃瓜仔、土豆仁、菜頭餔、鹹芥菜、李仔干……等醃漬過的「醃豉仔」類食物當配菜，偶而稍微豐盛時才有「魚腐（魚酥）」、「肉腐（肉鬆）」或「魚脯仔」、「三文魚」，這三文魚（salmon）可不是鮭魚，而是鯖魚罐頭。聽說這是阿公最喜歡的早餐，鹹裡帶著微甘，又飄著一點點刺鼻香氣，也成為我記憶中的「阿母早頓的滋味」，正是出自阿嬤傳承的手路。

長大，感恩上蒼垂憐，讓出身窮家的我變成國家養育的公費生，此後離家進城住校舍，三餐都有政府聘僱的廚師在料理，光是早餐，除了能把「阿嬤的菜糜」變成「晉惠帝的肉糜」之外，還有多樣過去吃不到的東西，以星期為循環，每天各異，常見麵粉「捏造」的肉包、菜包和發酵的饅頭，以及坊間小店才有的「油炸粿」，這些窮家小孩難得品味的東西，經由炊蒸煎炸就使物體與美味都膨脹起來，加上日日有豆漿或牛乳，叫我讚謂師範生吃得好，尤可喜的是我的身子原本嶙峋枯瘦，一年後，自覺皮下漸漸長出肉。難怪在那個民間還是普遍物資困乏的一九七〇年代，我有個文學社的瘦弱學妹說她的大哥有一次來學校看她後，曾私下揶揄她：「妳們嘉師的女生怎麼躺著和站著一樣高！」這句嚴重夸飾的修辭把帶著諷笑的「胖」字膨脹好幾倍，當學妹轉述時，我一聽也哈哈大笑，直說：「誇張得太形象化了！」不過，嘉師女生比別校女生胖應該也是真的吧？趙飛燕一旦入讀師專，五年伙食總叫她長成楊玉環，所以當年校園中，兩位和我最親的微姊和華姊畢業後，都曾來信說她們開始減肥了。

其實在校時，微姊和華姊在我眼裡都是玲瓏有致的豐滿，還沒資格躋身肥胖的境界，何需減肥？等到我自己也「出社會」，進入杏壇，才真正體會小學教師的職涯，不得不叫我們節約飲食，尤其早餐，在那沒有週休二日又班級人數五六十且課務繁多又雜務擁塞的年代，早晨已沒有多餘的時間讓級任導師可以安靜享受一頓悠閒的早餐，通常都在上班途中，路過賣餐點的商家，便暫停買個外帶就趕往學校，有時稍慢出門，遇到商家已賣光或要排隊等候，就只好先忍飢挨餓幾小時。這款匆忙來，倉促去的買早餐，印象最深的是在桃園市中心學校之一的東門五年，之後由於結婚，把單身日子結束掉才結束長年倥傯且囫圇狼吞早餐的生活。

二十年後，某次到台南，有幸再遇華姊，她請我在長榮桂冠用餐時，我見她中年之後的體態反而縮減分量，纖細如杜牧吟詠的楚腰，好奇她始於何時或使了何方？而叫身材苗條如斯，瘦比飛燕。於是，她談起畢業後，先回台南縣的家鄉白河，再調到永康東南角的大灣十年，這大灣十年是她人生的轉折大彎，忙碌使她的早、午兩餐都必須上緊發條，尤其早餐，就這樣她的體重日漸輕盈起來，就保持至今。

在那段十年光陰裡，有兩家的煎品深深浸印著她的記憶，她說，這兩家都像路邊小販，主人也都很謙虛，沒取店號品名，一家在廣護宮那邊，專賣金黃皮的水煎包，那是普通的水煎包再經半煎似炸的一番火候，把外皮煅煉成金黃色才完成，吃起來就像在嚼水煎包、韓國麵包與雙胞胎的三位一體，粿粿（Q）韌韌有彈勁，滲漏出來的香菇高麗菜餡馬上連合熱熱的香氣咬住你的口腔、塗抹你的牙齒，叫你口感富庶，胃感不滿足，還想繼續吃，這家黃金水煎包傳說傳承至今已百年。

而另一家在三王廟前的「肉粿」，據說源自「大目降」（新化）的傳統美食，在大灣設攤至今已五十年，她常光顧時的老闆是草創的第一代。所謂「肉粿」是以虱目魚肉切塊調合肉燥煎煮而成，塗上商家祖傳調製的醬料後，口味奇佳，有虱目仔的特別魚味，又有豬肉煁蔥的濃稠香味，這一家提供她營養又可口的早餐。她認為幸好有這兩家早餐才沒讓她變成病態的皮包骨。

聽來，華姊這段大灣十年的早餐經驗類似我的東門五年。我們再遇那天，華姊也有說到日前曾和幾個老同事相聚，閒聊間大家一起回憶大灣的早餐往事，有人說那兩家都已成名，躍上台南的美食榜了，其中「肉粿」已從三王廟搬到大安街。也許哪天嘴饞起來，就帶著舌頭去重溫記憶。接著她說，下次我再到台南，可以帶我去大灣品味她的懷念。可惜！到現在又過了十年，我好像連自己也不曾去過大灣。這並非華姊食言，而是我們沒機會，所以華姊依舊瘦瘦不「而肥」！

如今我已退休多年了，過去倥傯的歲月讓我無心追求美食，現在雖有較多時間享受人生，但肉身不復生龍活虎，也沒必要再磨練鈍去的味蕾。此刻，我可以隨心所欲準備早餐，無需羨慕長安儷人的駝蹄羹，更不必水晶盤裡送八珍，只要一個饅頭、一顆蒸蛋、一杯自製的豆漿，加上幾粒堅果，時而備妥紅蘋果或壓香橘，坐對清風徐來的東山，便是我的優美早餐。

——二〇二三年二月五日作

原載二〇二三年三月《鹽分地帶文學》第一〇三期

月娘受傷了

一九六二年的雙十節，台灣電視台開播。三年後完成中、南部聯播網，全台灣進入並用耳目接收訊息的時代，起初只有富戶人家可以坐在屋裡同步享受這項無線傳播的新科技，那時有些員外為人慷慨或個性風神，在他們新買電視機的一段期間會歡迎沒電視的鄰居一起娛樂，雖只是黑白畫面，人們總讚嘆這項千里傳聲又萬里傳影的電子奇蹟。

一九六六年以後，分布各地的公家機關、火車站開始有電視機，尤其軍營這類將一群人「關起來」生活的地方。接著中產階級的民家也有了，這時少數並不富裕的尋常百姓家為了裝派頭也要在客廳擺架小電視，顯示他家跟得上時代，所以那支高高凸出屋頂的「電視篙仔」變成一種時髦的標幟，同時也反映村落的富裕程度，我曾以吾村的電視天線比鄰村多而產生一種輸人不輸陣的自豪感。到一九六七年還沒能力插根電視天線的家屋，若不是沒人住，就是窮酸戶。而窮家子弟想看電視就得去有錢人家撿拾主人的臉色，蹲在別人的牆角或站在別人的庭院。

那幾年，我和幾個童伴常在村中流轉，聽說那家的電視願意「分人看」就游牧到那家，當村裡的電視之家漸漸不歡迎一堆生人來擠客廳時，聽說駐紮在吾村河畔的高砲連軍營有了螢幕較大的電視機，而且願意晚間開放一小時給村民共享，我們才在每週五晚上摸黑走到軍營的康樂室和阿兵哥一起觀賞美國影集《勇士們》，那時我們的心可說與九條好漢在一班的美軍連在一起，因此，也對營區的國軍投以一分敬愛。

在我的逐電視而看的遊牧歲月中，印象最深刻的一次是一九六九年七月廿一，人類首次登陸月球這一夜。自從七月十六，新聞報導美國太空船阿波羅十一號升空並預告四天後，太空人將踏上月球表面小漫步、挖泥土，又說美國將透過人造衛星將登月的影像傳給全世界之後，我就開始好奇，想一睹月亮會陰晴圓缺的芳容和滿足神話般的想像，唯恐錯過這一刻又苦惱家窮沒電視，就在我為這個問題緊張時，住在我家前面的何姓玩伴說他父親為了躬逢其盛，特地進城去買電視機，歡迎鄰居到他家看衛星轉播。

廿一日的太陽剛下山，小康而富善心的何家已在屋外擺桌疊椅，將新買的十四吋小電視置於高處，不久，包括我家在內的窮困人丁，除了少數婦孺之外的左鄰右舍都擠在何家庭院三代同堂，或立或坐，抬頭注視著黑白螢幕，衛星畫面還沒進來時，主播先解說這回美國人的夢想危險性很高，不成功，便成仁，任何環節稍有一點兒出錯，太空人就回不了家，永遠在宇宙中飄浮。主播這麼說時，有人不知是天真還是說笑：「不會啦，月娘上面有神仙，會去救他們，說不定會直接帶去天堂，因為他們離天堂最近。」

接著圖解登陸月球的過程，主播說太空船被火箭推上太空後開始繞著地球軌道飛行，一圈又一圈，逐漸接近月球，有位父老質疑：「又不是在打獵要偷偷靠近，何不直直飛去比較快？」另一位父老的回答引起一陣笑聲，他說：「害怕月娘逃走了。」又當主播介紹小鷹號登陸小艇會先脫離母船再降落月球，完成人類第一次登月時，有人不服：「哼，古早唐明皇就曾去遊月宮，美國人不能算頭一個。」我父親馬上推翻他的見解說：「嫦娥還更早，唐明皇是靠道士作法，只是靈魂去，嫦娥是真正飛去月娘。」現在回想那個保守的年代，人們講古聽多了，把神話和小說都當歷史了，那年還小的我也曾這麼相信。

不久，主播宣告衛星訊號已經進來，身影隱去，但繼續在幕後旁白，電視畫面由模糊逐漸轉為清晰，眾人屏息凝視月亮坑坑洞洞的臉，旁白說這是一處名叫「寧靜海」的地方，接著太空船、登陸小艇與太空人陸續出現在畫面上，人們才看出影像是顛倒的，變成「天在下地在上」，隱身的主播解釋這是衛星實況轉播的關係。這時人們抬頭看看半圓的月亮，怎樣也想不通平滑的表面竟然皺紋密布，崎嶇不平，有些人忍不住發表他們的感覺：

「怎會這樣？月娘上面有月宮，看起來卻比地球還拋荒！」

「太空船只是拍到月娘的一塊所在而已，看不到另一邊，說不定別的地方有住仙女。」

「月娘上還有兔子在舂藥，有人在剉樹仔。」

「月娘的海怎麼乾得像沙石埔？」

主播旁白說太空人會把一台無人駕駛的精密車子留在月球時，有人就猜那是為了到處看看，找尋外星人、兔子和仙女。而所謂「登陸小艇」，我們原以為是一條小船，結果像一隻四腳蜘蛛，當登陸小艇緩緩靠近月球弧邊以迄著陸，眾人都看得目不轉睛，安靜等待阿姆斯壯走出來，可是登月小艇毫無動靜，畫面時而切到NASA，時而回到月球，一刻鐘後，登月小艇突然打開，身穿一件膨鬆像雨衣、頭戴一頂密封如瓜帽的太空人探頭走出來，腳在上，頭在下，用倒頭栽的方式慢慢從五米高的梯子踏向上方的月球土地，當這個太空人的左腳伸上去碰到月亮時，電視機裡面和電視機前面的人差不多同時鼓掌叫起來，聽到電視說「全世界六億人共同見證這人類歷史的一刻」時，我們都覺得與有榮焉。

接下來，身影顛倒的阿姆斯壯像鴨子般走幾步又跳幾步，動作笨鈍，轉身對著另一個也出現在登陸小艇前的太空人奧道林手上的攝影機向地球人講話，我們聽不懂阿姆斯壯那句立刻成為名言的英語：「One small step for man. One giant leap for mankind.」，但電視旁白有翻譯，確實，這一步對個人是一小步，對人類是一大步，我至今仍依稀記得阿姆斯壯踩在月球上的第一步腳印——鞋印溝痕明顯，但有一截鞋底好像看不見。

衛星轉播到八點半，已是鄉下人就寢的時間，當主播重新出現並安排一個大學教授要討論時，何家主人把電視機關掉，人們起身要各自返家的同時紛紛你一句、他一語隨興將自己的感想說出來，這時我的父親大聲發表他的見解：

「哈！我看那是在做電影，我才不信人坐太空船就會當去月娘頂，世間也只有嫦娥偷食仙丹變仙女才有法度飛去月宮。那是在做電影啦。」

父親這一說雖然引動青少年的笑聲，卻也誘發年長父老的疑惑而輕輕點頭。那年還是國一生的我雖也暗笑在心裡，卻感到吾村這些古意的農夫寧願相信古代傳說，不願相信現代科學，實乃一種純樸的古風。我再度舉頭想看月亮，但月亮被雲遮去，好像躲在一襲厚厚的絲巾裡，心情忽覺暗淡下沉，心想：「月亮不見了！」

我沒立即回家，而是走到公地，坐在池塘邊的大石頭沉澱心情，因為登陸月球這件事在我心裡攪起一種好奇又排拒的矛盾情緒。自從小時候某年中秋節聽長輩說過嫦娥故事又在國語課本讀到「嫦娥奔月」的課文後，我彷彿變成一個戀月症患者，此後夜裡望月，常會溫習這些幻想而浮起小學課本上的插圖——仙姿曼妙的嫦娥與七彩琉璃的廣寒宮。然而，這回太空人雖說是為人類的和平來探訪，但在我的感覺裡卻像侵門踏戶，未登陸就先把月亮神祕的面紗拆開，害月亮在世人眼前洞現悽涼的臉龐，那些純潔的仙女想必著實受驚跑去躲藏了，而太空人登陸後還要插國旗、挖土肉，簡直就像強姦月亮，把美麗的神話糟蹋了，因之也把我的如詩如幻的想像鑿傷了。想了想，我寧願這一切只是像父親說的：是在演電影。

這一夜，我躺在床上睡覺時，繼續想著人類登陸月球的影像，我突然覺得「月娘受傷了」，表面的孔穴是累累的傷痕。

——二〇一七年十二月五日初稿，十二月二十三日定稿
原載二〇一八年二月十四日《自由時報・副刊》

【卷二】

牛是咱的恩情人

點餐時，如果你問到我家鄉的任一位父老有沒有吃牛肉，他們會說：「無，我無食牛肉。」有的人還會多加一句：「阮水牛厝人無食牛肉。」（我的父親就會這樣回答）。於是，宴客的主人大約就不會點那些含有牛肉、牛雜、牛湯這類菜色了。

小時候，當我有機會和父祖輩及他們的外地友人同桌時，每聽到這樣的問答，頂多只單純地以為吾村的庄名叫「水牛厝」，所以我們水牛厝人忌諱吃牛肉，這應是出於愛鄉護土和尊重村子的心理。直到稍長的國中時，當城裡的很多大餐館、小吃店、菜市場紛紛掛出各色牛肉餐食的品名字樣時，我們村子的裡裡外外都還停留在雖見得活生生的全牛影子，卻只聞牛騷味，不聞牛肉香的境界。後來，當我家那隻年老力衰的水牛被賣掉，且或許由於我家田地變少，不需要再買進牛犢、牛青年來豢養，有一天我突然好奇地問父親：「是安怎咱水牛厝人無欲食牛肉？」「咱做田，牛是咱的恩情人，自古早到今，牛嘛一直致蔭咱水牛厝人……」父親說。

知道水牛厝人不吃牛肉的真正原因後，我對牛、對那隻我家的老牛生出一番肅然起敬的感念。接著老牛的影子從褪色的記憶中漸漸凝結起來，從此印在腦海，凝固到現在。

那是五十前的冬天，當老牛決定被出賣，牛販子會來牽走的前夕，父親把我當天割回來可供兩天糧饗的青草全部投給老牛吃。這頭老牛比起其他我家圈養的豬鴨雞鵝等禽畜，稱得上已經是家裡的一分子了，在我家總是做著最勞苦的工作，曾經幫父親犁過廣大的田地，早春仲夏，一畦又一畦，自家的田犁完換別家的地，幫助父親賺得用汗水浸洗過的犁田工資，而牠一毛也不取；曾經拖運過農場豐收的甘蔗和滿載結實的禾穀，從泥濘田路到石頭巷道，一車又一車，枷鐵鎖在牠的鼻孔上，不管路途多麼遙遠、多麼崎嶇，命運總是死握著驅策的韁繩不放。有時藤條捶在牛臀上，一鞭又一鞭。這些，牛，從青年到老年，不曾埋怨！

那日，雖然翌日天一亮，老牛就要被迫離開這間讓牠窩了二十年的土埆厝牛稠，牠也沒有貪心地狼吞虎嚥，是不是牙齒也敗壞了，否則怎會嚼得那麼慢？我望著老牛削瘦的皮骨，黑黝的軀體已毛髮稀疏，頸上的皮繭厚又皺，歷歷然都是在我家挨度滄桑的紀錄。突然間，我發現自己對老牛也有一股深厚的親情，可是我們無力留下牠，讓牠安享天年，因為在那年代，老牛雖老，仍是窮困農家最值錢的六畜和一樣「農具」。

我想，牛的辛苦和奉獻，我的父親和許許多多的父老鄉親都有看在眼裡，那麼「水牛厝人無食牛肉」並非出於忌諱，而是為了感念，感念牛隻對農民的恩惠。此後，從大人或大我幾歲的少年玩伴口中，我陸續聽到不少屬於吾村的水牛傳說，這些或神奇、或動人的故事讓我這個生於斯長於此的農家子弟不僅覺得津津有味，還由衷生起一股身為水牛厝人的榮譽感，不再對這個聽來帶有土氣的村名感到粗俗，並且樂於自稱「水牛厝人」，因為這個村子的誕生屬於台灣源頭史的一部分。相傳，鄭成功趕走荷蘭人之後實施屯田政策，對他的一名部將葉觀美說：「你從赤崁騎馬向北走三日，所到之處歸你屯墾。」三日後，馬蹄落腳在今天位於嘉義太保市牛稠溪北岸的水牛厝這片荒野。那時，鄭成功還賜予八頭水牛協助人們墾荒，漸漸地使此地形成一座擁有千畝沃野的村落，村民為了感謝水牛助墾，就將村落取名「水牛厝」。後來八頭水牛因過度勞累而相繼病逝，純樸的先民感念牛恩，不忍啖食牛肉，都給予全屍厚葬，葬在水牛厝大池塘西邊的一片俗稱「牛埔」的地方。原來小時候我們所稱的「牛埔」就是「水牛的墳場」。

這時，我才完全體認「水牛厝人無食牛肉」的真諦，明白「水牛厝」這個地名是被感恩的心情灌溉出來的，而我的「欲做牛，免驚無犁通拖」的個性或信念，也許就是曾經長年與牛為伍所陶養出來的。

一九六八年，吾村人在恩主公廟旁搭了一間簡陋的小廟供奉傳說中的牛靈，廟前只用紅布寫著「牛將軍」，十一年後，有記者報導了這個小廟及感恩的村野傳奇，我看到時覺得與有榮焉。有一天我返鄉探親，傍晚回到家，看到家中長輩正在談蔣經國總統下午特地南來水牛厝向牛將軍上香致敬的事，我猜想總統應該是看了報紙有感而來。果然，晚間新聞報導了，總統來看牛將軍正是懷著感念並希望國人效法水牛的勤奮精神。

——二〇二〇年十二月三十日完稿

原載二〇二一年二月十一日（農曆鼠年除夕日）《人間福報・副刊・牛年新春特刊》

貌似愚蠢的善良

「我家門前有小河，後面有山坡，山坡上面野花多，野花紅似火……」，小時候學到這首兒歌時，總認為作詞的人是在詠讚我的家鄉，甚至住過我們村子，要不然怎能說得那麼準？隨即心裡生出一股「山村美、農家樂，生在山村農家好」的自豪感。後來才知道許多山村農家都有這等景色，而且隨著年歲漸長、體格漸高，也要開始做穡，參與一些農事之後，才漸漸感受大人所說的「內山窮，農家苦」，也才了解為什麼吾村人漸稀，青年發翅便飛離，獨留老人還種地！

這情形我家也沒例外，自從一九九九年的九二一大地動與二〇〇一年的桃芝大風颱，把老家屋前那塊溪埔地增厚三尺土肉，又摧殘得滿目瘡痍後，就算雨季一來就變胖的濁水溪從深山搬出來的泥土很肥沃，也休想激發老父再操動鋤頭鐮刀的欲望了，所以這塊溪埔地已經二十年沒耕種，百分百的有機土質已被各種雜草覆蓋，叢生的草木比人還高，高過十幾年前新造的埤堤，也擋住我年輕時站在窗裡、屋前就能看到的溪流。

不過，阿桂姨是村中極少數的例外，她是母親的同父異母妹，住在離我老家不遠的坑谷裡，平日除了替坑谷的其他農家打工外，也會在溪澗旁、山徑邊整頓較平坦的荒地，種些花草果蔬，她說：「外地人若來，路會較好行，也會呵咾咱這環境婧（美）」，還能充分利用土地，以後「咱欲食，挽就有」，而且「骨頭有操勞嘛較袂硬去」。她是我的家族親人中還在從事土地勞動的人，兩年前，看我父親放任那塊「三分闊」的溪埔叢生雜草覺得可惜，在徵得父親同意後，便花了兩萬元僱請怪手重新整地，種起各色蔬菜，我家屋前那間作廢已久的青果包裝場也成了她擺放農具和休息的處所。

今天回到老家，午餐後，我在沒有牆壁的包裝場靜靜看著濁水溪對岸的遠山，以及那簇坐在山腰，名為「人倫」（lāng-lùn）的原住民部落。忽然看到前方的樹叢閃出一個人影，看那村姑農婦打扮就知道是阿桂姨，便大聲喊叫：

「阿姨，妳來哦！食飯未？」

「哦！你返來囉！」一臉笑容的阿桂姨從炙熱的陽光裡走過來，「我正欲過來食畫。」

阿桂姨走進包裝場後，一手拿著斗笠搧風，一手在臉上左右滑動，把快要流入眼睛的汗水抹掉，那雙黝黑粗糙又皺痕參差的手恰好擺過我的眼前，指甲裡的土垢好像為每個指尖塗上一彎黑色的小弦月。我低頭看看自己的手，隨即把手掌掩到身後，因為面對阿桂姨那雙勞動的手，我突然為我這雙已經好久「不動三寶」的手感到羞怯。幸好阿桂姨沒察覺我的反應，只顧說她早上又新種了哪些蔬菜，並強調「後日仔，咱若欲食，挽就有」，說完打開水龍頭洗手，再拉一隻小椅子過來坐，就把飯包拿出來吃。

「阿姨，入來厝裡食啦。」我說。

「毋免啦！我踮這食就好。你緊入去食。」

「呼……」我只答一聲便轉身離開，其實我吃過了，只因那絲莫名的羞愧感還印在心頭，使我不忍面對阿桂姨的手。

阿桂姨不辭辛苦地墾荒種地，而且種那麼多，起初我以為她會在菜蔬長大後找盤商來「贌」（承包），至少也會自摘自售，每日採挽一些載到街上賣或盤給市場的菜販，但她沒有，而只是像她常說的：「咱欲食，挽就有」，她嘴裡的「咱」不只包括她家、我家，也包括嫁出去和搬出去的親人，比如大姊、二姊每次回老家探視父親，離開時，總可以順便拔一些帶走。我們吃不了這麼多，阿桂姨還會拔去分送給坑裡的幾戶距離頗遠的鄰居。

「阿姨，妳安呢一包一包提去送人，咁袂足麻煩？」有一回我看她又在分裝蔬菜，覺得她這樣自種不自銷，還要自採又自送，當真傻到「了戇工」，便問她。

「騎軛多拜（機車）送，袂麻煩啦！有人食，較贏放著壞。」她笑著說。

既然種菜不為掙錢，自然不在乎菜的外觀，所以不管種什麼菜，阿桂姨都不噴灑農藥，因此有些菜就難免要葬身蟲腹，尤其白菜、高麗菜這類昆蟲最喜歡的美食，曾經有一次，我看到整排高麗菜只剩下白色的梗脈，乍看覺得昆蟲像是一群「食雕家」，會把高麗菜蛀成漂亮的藝術品，實則感到十分可惜，便對她說：

「阿姨，無采妳這麼搰力種，都給蟲食了！」我帶著玩笑的語氣，心想阿桂姨應該也會感嘆心血白費，甚至叨罵昆蟲幾句，豈知她竟然這樣回答：

「蟲食賰的，就是咱的。」

我一聽，下意識裡直覺反應：哪有人種菜是在餵蟲？但還來不及出口成話就被她接下來的慈悲化解了。

「您（牠們）就是不會種，才欲食咱種的。」她說著，同時毫無埋怨的一臉笑意從瞇得更細小的眼睛流出來，淌滿她的魚尾紋。

這話好像在說蟲是不得已才吃她種的菜。我彷彿看到阿姨對那些弱小昆蟲的同情，一時間我被她的這種天真無邪的善良所震懾而無言以對。

以前，當親人們在茶餘聊天，偶而話題說到阿桂姨的往事時，大家都覺得她「戇到有賭」，聽長輩說，阿桂姨曾經去花蓮幫阿舅——她的大哥賣水果，她的賣價總是遠低行情，阿舅問她為何賣這麼便宜，她說「歹勢賣貴，有賺就好」，阿舅認為她不是做生意的料，便把她引進到大理石工廠去做工，聽說阿桂姨連飯後的午休時間也沒停歇，頭家覺得這個新進的年輕女工很認真，工作量比別人多，要跟她加薪，但阿桂姨卻不願意，理由是「安呢對別的工人歹勢」。就是這麼笨，只好回到窮鄉僻壤，一輩子待在山村。

阿桂姨在我老家的土地種菜，讓我返鄉時能夠親身接觸她的「愚笨」後，反而覺得她不是「戇到有賭」，而是「善良到有賭」，想不到一個七十幾歲的老婦人仍然保有赤子之心，她的善良從年輕到現在都沒變質，從她身上，我深切感受到人性本善的真諦。

上個月，我邀一位愛好山水的朋友到家鄉做客，當他獨自站在包裝場邊的梅樹下遠眺薄霧籠罩的山景時，從溪埔走過來的阿桂姨也熱誠招呼我的朋友，看樣子兩人簡短的交談很融洽，想必阿桂姨也會叫客人摘一些菜回去。事後我跟朋友說了幾件阿桂姨的小故事，朋友的反應竟是驚奇讚嘆：「世間竟有這麼善良的人。」臨別時，我的朋友說下次再來，一定要去看阿桂姨，「伊才是恁這上媠的風景」。我欣然同意，覺得阿桂姨多了一個不會笑她傻的知音！

應該是我對阿桂姨的觀感有了這番大翻轉，所以今天中午看到樂天安命的她，以及她那雙到老依舊勤奮的手指，對比到自己退休後變得養尊處優的手指，才倏然自覺慚愧起來。現在我樂於咀嚼、回味阿桂姨的有趣事蹟，而以自己有這麼一位親人為喜！心想，以後回來，也要幫忙拔拔草，流流汗，而不是只會挽挽菜。

——二〇二二年十一月十二日修訂完稿

原載二〇二二年十二月八日《人間福報・副刊》

現在，他們已不在

如果說人生是一段旅途，那麼生是起點，死便是終點。而這旅途有兩種長度，一種是時間的，一種是空間的，而且都是各人長短、廣狹不一，有人一生只近距離地在附近的一些地點徘徊，像是交通極其不便的古代，許多人即使時間的距離很長，但終其一生沒走出方圓百里；另有許多人即使壽命不長，卻縱橫遊歷了許多地方，例如交通與經濟都發達的現代，無論你的功名是否塵與土，一生能行過八千里路已如天上有雲月那麼平常。

再說死亡既是人生的常態與必然，每個人間旅者都要或快或慢地走到那個終點，要是有人能走過終點並繼續遊覽終點之後的世界，也不會回來寫旅行報告。世上絕大多數人都是走過終點後就船過水無痕了，就算他生前曾經聲名赫赫、富可敵國或權傾一方也一樣會身後寂寞，所以莎士比亞讓馬克白在其妻死後感嘆：「生命不過是一個行走的影子，一個可憐的演員，在舞台上或驕傲、或焦躁地走完他的歲月，然後就再也聽不到了。」（Life's but a walking shadow, a poor player, that struts and frets his hour upon the stage and then is heard no more.，筆者拙譯）但總還有極少數人能夠例外或可能例外地留下什麼來讓後世之人長年感念乃至永遠紀念，這大概就叫「不朽」。

那麼，怎樣可以不朽呢？我想世上有許多事都可能使人成就不朽，換句話說：一個人做成某些或某件能長期有益於世人的事便可能使自己不朽。那是什麼事呢？我無力斷言指明，但願意相信古人所謂的「三不朽」，即古代魯國人叔孫豹說的：「太上有立德，其次有立功，其次有立言，雖久不廢，此之謂不朽。」（語出《左傳》．〈襄公二十四年〉）

想必文學應屬「立言」的一種，誠如曹丕在〈典論論文〉中說的「蓋文章，經國之大業，不朽之盛事。年壽有時而盡，榮樂止乎其身，二者必至之常期，未若文章之無窮。」他所謂的「無窮」是指作者「寄身於翰墨，見意於篇籍，不假良史之辭，不託飛馳之勢，而聲名自傳於後。」這一點，我個人很認同曹丕，但文學對我來說，只求盡心盡力寫好作品，並不在乎聲名是否自傳於後，尤其現在，我已了知生死同山阿，不喜亦不懼，管它身後寂寞名不名了！「在時間的大鐘上，只有一個字：現在。」（On the great clock of time there is but one word: now.），莎翁的這句話成了我對時間的信仰，「現在」才是我的真實人生，擁有「現在」便是活著，活著就應該珍惜，也值得歡喜。

可是現在，他們已不在！

這時，我想起三年前（二〇二〇）的五月間，兩位尊敬的文學長者——趙天儀與鍾肇政都在二周裡相繼離世歸天，而生起絲絲感傷和細細落寞！會特別想起他們，是因為一張相片，相片裡有我和趙天儀、林亨泰及鍾肇政三位文學先輩的同框留影，那是一九八九年初，我的一本一九八八年剛出版的新書《台灣民族的出路》遭到官方查禁，那時我並不因此感到意外或錯愕不安，反而令我意外又欣慰的是稍後不久，不期然地接到此書獲得當年唯一巫永福評論獎的消息，三一九頒獎那天我告訴這幾位先輩說這本書已被查禁，他們表示「不知道」，現在知道了反而覺得「與有榮焉」，證明自己的眼光獨到正確，選出一本有益台灣及台灣人的書。

現在，再看著這張黑白相片，想著裡頭的二位長者已不在，不覺間吐了一句嘆息吹不離！

歲月催人老，同時也在催人衰，甚至把人催做殘弱之軀。當我自己年過半百後，更能領悟「敬賢尊德並親善」與「扶老護幼且助弱」應該要成為人類的品德修養。文壇每年有一場由《文訊》主辦（或承辦）的聚會叫「九九重陽文藝雅集」，這個文壇盛會旨在敬老，一向只有年高六十五的文藝前輩才會受邀出席，所以我一直是沒有資格參加的。但忘了是我才五十幾歲的某一年，我竟然也接到邀請，於是為了看看多位老朋友以及久未見面的前輩，我前往台北出席大會。席上，當《文訊》的負責人封德屏小姐遊走席間，熱心地與各桌的作家們敬茶招呼時，我趁機問她：

「這重陽文會不是只有長者才能參加嗎？怎麼像我這種中年小輩也可以？」

「這，是要你們年輕的來幫忙照顧行動不便的長輩。」封小姐語氣停塞半秒，客氣又好像半開玩笑地答道。

「對！對！應該，這樣做很好。」我說，心裡希望這真的是主辦者的用意及對長者的好意而感到讚賞。忽然間，我對這個活動以及為人處世有了更多感觸，此後如果有空出席，我都隨在主辦單位安排席位，到現場就坐前，總會在被安排的桌次裡看看，要是某位身手已不甚靈活的長者身旁還有空位，我就會去坐在他的旁邊，以待長者吩咐所需，而其所需者，通常只是舉手之勞而已，就像有一回，可能是趙天儀先輩生前最後一次出席文藝雅集吧？看他行步蹣跚，手指抖顫，仍前來雅集會友，足見他對文藝的重視與鍾愛，同桌我最年輕且有意坐在他旁邊，自然應該幫忙挾菜、倒茶或取物、擦拭，有時他也主動囑我為他挾取某道美食，臨別再扶他如廁小解負擔。這些都是身為晚輩的理所當然，實稱不上幫忙。

「文藝雅集」還有一項對長者的敬意和體貼，就是邀集幾位後輩去探訪長者，並錄影剪輯長者的近況在雅集大會上播放。我如果受命會同幾位文友去探視某某老病休養中的文壇先輩，總會欣然偕往，畢竟大家平時都忙，難得相見，一旦聽聞某人仙逝才想到會面已然來不及！畢竟時間無情寡義，你不把握時間，時間也會拋棄你。所以要抓住現在，才能把時間化做可摸可感的寸寸光陰寸寸金。

趙老與鍾老除了他們的作品成就之外，都是堅持台灣本土精神的作家，為人客氣有禮，對後輩新秀也照顧又尊重。記得一九八五年的一個假日，我第一次到龍潭拜訪鍾老時，他年歲大我一倍，在簽名贈書的題字上很親切地稱我「央敏弟」。二〇一七年，我聽說多年未見的鍾老，身子猶如羸弱風燭，某日特地到龍潭探望他，因有事先告知，想不到已經九二高齡的他竟倚著門楹站在內門的矮戶檳上，看到我走進他家大門時，也許見我也長了幾絲白髮吧，反而先開口叫起「央敏兄」來，這麼溫雅有禮實在讓後生小輩的我受當不起，我知道他行動已不靈光，便趕緊跑向前去扶他到沙發坐下，原來他已重聽到幾乎失聰，我們只能用筆寫字交談，在小談文學創作時，他更是謙稱自己只會寫小說，殊不知我在二年後出版的「桃園文學史」中有這麼一段推崇他的話：「如前所述，鍾肇政是台灣文學史上，小說創作力最旺盛的作家，成就非凡，堪稱偉大文學家，對台灣文學的貢獻應是無人能望其項背。」（語見拙著《桃園文學的前世今生》第八章之「鍾肇政」一節）然而，這本拙作，鍾老已沒能親睹！

現在，他們已不在，能否不朽應非他們生前立言的本衷，但既有立言，也就可能不朽，至少他們的身影與德行常駐我心。此刻，憶念哲人、友人相繼作古去，看著三十年前老照片裡的他們神采奕奕，撫今思昔，不勝吁嘘！

——二〇二三年三月十七日

原載二〇二三年八月《文訊》月刊第四五四期

踏上舞台，回到歌仔戲——訪名伶小咪聊往事

她，一九五〇年十一月，生父吳白福的戲班剛好回到岳父李色（音譯）與妻子李玉真的家鄉嘉義鹿草演出，這時隨著戲班的李玉真已經大腹便便，不期而然，十日這天就在老家生下了她，彷彿她已不滿足於只是聽戲，而迫不及待地想出來看戲。

她和我的嬰年都有一段差點被死神的鐮刀割斷生命線的「真實傳說」烙印在心裡，所以這篇訪談必須從這兒開啟，因為當年，要是著急又心疼的母愛向死神的意志屈膝，就不會有一個本名陳鳳桂的小咪，長大後踏上舞台，回到歌仔戲。

那是一九五一年的暮春三月，吳白福的歌仔戲班在鄉下一間戲院演出，一日晚上，戲齣落幕前，飾演苦旦的李玉真為了愛情，在演小生的妹妹李玉堂的「放目掩護」下，抱著才四個月大的女兒與新入戲班不久的小喇叭手陳小明勇敢私奔，兩人趁大夥都忙於搬演高潮情節時，一前一後溜出戲園，約在前往縣城的路頭會合。當他們

走出村庄，來到漆黑的田野時，忽然聽到背後傳來交錯的人聲，聲音越來越大，李玉真好似聽到父親李色及尚未正式登記的風流丈夫吳白福的話語聲，意識到事蹟已露，戲班眾人已追過來，正當李玉真心急如焚，不知所措時，「緊！覕入來甘蔗園！」陳小明拉著她迅速拐入路旁蓊鬱的甘蔗園中。正當追尋她們的腳步接近時，李玉真感覺包巾裡的女嬰開始伸圇有動作，按經驗是嬰兒醒了，接著就會哀聲叫餓，她連忙摀住嬰兒口鼻，把嬰啼禁閉，強忍自己的心跳急急復急急！

幸好沒多久，甘蔗園外的雜遝聲遠去，她才放手再打開包巾，見嬰兒沒動靜，也不出聲，「嗯！那袂哭？」輕喊一聲，趕快穿出甘蔗園，靠著眼睛已適應天色的微光仔細一看，嬰兒白嫩的小臉竟變黑，立即拍打嬰兒的背，直到著急的眼淚奪眶時，看到嬰兒的手指動起來、手蹄仔（掌心）回暖才破啼為笑，「佳哉！阮阿公佮我的生父彼陣人真緊就離開，若無，我就歙死矣！」活過來的女嬰，七十二年後的冬末初春，在回憶這段自己懂事後聽自李玉堂阿姨講述的故事時，猶露心有餘悸的臉色，說完，嘴脣微微一揚，我也慶幸地附和一句：「佳哉！天公保庇！」

私奔前，陳小明曾說台東有熟人在「整戲班」（組織戲團），兩人當夜趕路到驛頭已是翌日清晨，就乘著往台東的早班車到後山躲避去了。

一家三口在古稱「卑南覓」與「崇爻」的太平洋海岸流轉三年後，聽說吳白福已離開戲班，也放棄找他們了，他們才聯絡家人，回嘉義和親人團聚，這時三歲的小咪已多了一個「仝母各父」的弟弟，外公李色做主將二個外孫過繼給自己長子——李玉真的大弟綽號「嘉義打鼓明吔」的李明德，才得以正式報戶口，「所以」小咪說：「我身分證頂面的生日比實際的足足減三歲。」我笑說：「安呢顛倒予妳較少年。」可是她笑說：「安呢是我吃虧，坐車比人較慢享受半票，嘛較慢領著老人年金！」哈哈！在場的人都笑了起來。

李玉真、陳小明既已歸隊，這一年，李色就以在歌仔戲壇闖出「查某關公」名號的次女李玉堂之名成立「李玉堂歌劇團」，從此小咪開始隨著李家戲班先在中南部巡迴，後來也到北部、東北部輾轉演出，記憶中除了農曆春節回到養父陳小明的故鄉虎尾過年之外，幾乎都在戲院的後台和趕路的夜行貨車上睡覺，就像一首剛流行的演歌〈天涯流浪兒〉（嘆き渡り鳥）。早年馬路崎嶇，車斗晃動大，睏者難眠易醒，她睜眼看著天空，總覺得天上的星月也在看她，而且老是跟著她們走，曾經好奇問大人，卻沒人知道為什麼？只能自己想像那是眾神的眼睛。

幾年後，家族戲班李玉堂歌劇團的名聲已傳布台灣而有「頂港玉輝堂，下港李玉堂」的讚譽，已經十歲出頭的小咪在長年耳濡目染之下也對歌仔戲產生濃厚興趣，認為自己長大後也將成為家族戲班的一員，因此也常偷偷的自我練習歌仔戲的各種唱腔與身段，然而李玉真並不打算讓子女也走上演戲這條路，頂多只允許小咪上戲台「夯旗棍仔」跑跑龍套，過過路人甲的癮頭。

就在一九六三年，戲班正在台中演出，李玉真原意等這個檔期結束回到嘉義時，要讓小咪進入「剃頭店」習得一技之長，不意這時「藝霞歌舞劇團」（時名「芸霞」）也在台中「新舞台」公演，李玉真為解悶去觀賞一場，大為驚豔而動搖原意，便回去帶小咪也來看一場：全少女的排場，絢麗的裝扮，參合芭蕾與佛拉明哥的舞蹈、情節緊湊的歌中劇，既時髦又魅人。她看女兒被吸引得眼睛噴射出欣羨的光芒，而決意鼓起勇氣帶小咪來敲藝霞的門扇枋，小咪也自此踏上真正以舞為主，歌、劇為輔的大舞台。

小咪的年齡、身高尚不足藝霞的招收標準，她是以四年「學師仔（學徒）」的身分入團，所以她最初只能一邊打雜一邊見習。直到第二年，因負責為歌中劇唱歌的學姊生病，老師派她代唱，輪到她要上台時，節目主持人問她要取什麼藝名，她一時不知所以，還在想時，前奏已經響起，主持人便逕自介紹：「續落去，由咱小咪小妹來

演唱這條文夏的〈港邊送別〉，日本原曲〈はとばかたぎ（波止場気質）〉，小咪，請！」

聽著鑼聲響亮　毋通惜別離
前途盡是希望　充滿著光明
海鳥毋通多情　開聲啼啼哭
船泳也想為伊　慶祝初出帆

當她唱完時，台下掌聲如雷，她覺得這首歌就像在寫她，也希望自己的未來也能像這首歌。而「小咪」也從此取代「陳鳳桂」成為一生的代名與藝名。

小咪的歌、舞才藝本就底子厚，加上記性好，又肯學勤練，經此上台一唱受到頭家及觀眾肯定，可說兩年就提早「出師」，往後每次巡迴公演都有上場的機會，頭家王振玉、頭家娘蔡寶玉及舞蹈老師兼節目編導王月霞（王振玉之妹）都很器重她，還曾特別招收一批和她年齡、身材差不多的新秀霞女來襯托或配合小咪，而在藝霞重頭戲之一的古裝劇中，她源自家學的歌仔戲身段，使她很快從配角變成主角，有時擔綱花旦，有時反串小生，扮演起來駕輕就熟，漸漸地小咪成為藝霞的台柱，專演男主角，跳舞也排在中央位置。最慢到一九六九年，藝霞首次在台北西門町的「今日世界育樂中心」演出後，藝霞本身及小咪的名聲便開始在全台走紅。

一九七〇年代，藝霞與小咪受歡迎的程度節節上升，除了巡迴國內大小城市公演，數度創下票房佳績外，也多次出國前往香港、新加坡、馬來西亞等華裔聚集的地方演出，此間也賺了很多錢，早期一九六五年曾幫助養父在故鄉虎尾購屋，陳小明、李玉真一家才開始有自己的房子住。一九七三年小咪自己也在台北購屋，讓家人遷居台北。一九七七年，小咪接獲外祖母李周仙和臨終的消息，立刻趕回嘉義守著躺在大廳的阿嬤，「我真驚彼點氣絲仔斷去，道失去這個上親、上疼我的阿嬤矣！」小咪憶述當時的心情，阿嬤去逝後，她出錢包辦喪葬費用，母舅李明德特別在墓前立牌寫著：「外孫女藝霞歌舞劇團小咪」，以表感激之外，也見得親人們都以小咪為榮。

我認為藝霞的巔峰時期頂多維持到一九七九年的第十二期巡迴公演，此後電視綜藝節目及電影成為台灣人娛樂的主流，凡是需要集合許多藝人合演又需要較高票價的現場演出迅速沒落，最後藝霞也在一九八三年六月，於台北遠東戲院的最後一場，在表定節目古裝劇《呂布與貂蟬》，外加一齣《梁山伯與祝英台》後解散，當時節目司儀在末場結束時說的「後會有期」變成藝霞的絕句。

藝霞曲終人散後，翌年，小咪召集同仁組成「藝霞五鳳」主跑餐廳秀，有時也接工地秀，「小藝霞」表演到一九八九年底結束。在此之前的一九八五年是她演藝生涯的另一次大轉折，這一年她接受歌仔戲天王楊麗花的邀請，同時參加台視歌仔戲演出，爾後演藝重心逐漸轉向電視歌仔戲的錄音、錄影演出，初演歌仔戲原本以為只是「兼咧耍」而已，三年後繼續受邀到中視，才意識到自己可以華麗轉身為歌仔戲演員，一圓小時候的夢了，於是勤練歌仔戲的各種唱腔，特別是七字仔、雜唸、都馬、留傘、乞食、吟詩、江湖勸世等重要曲調都能信口吟唱。她的演出機會也越來越多，先後在台視、中視、華視等老三台及民視、三立、八大、公視等新四台的螢光幕上都有她身著戲服的影音，也多次在官方的國家劇院、文化中心或民營的戲苑舞台等館廳公演。

由於小咪並非哪一家歌仔戲團的班底，可以自由受邀在各戲班演出，她曾遊走在楊麗花、河洛、黃香蓮、唐美雲、廖瓊枝、秀琴、葉青、陳亞蘭等十二家歌仔戲團間，無論擔任正生、二生（配角）、正旦、二旦，乃至丑角，都是「唱白作劇」皆佳，通常一些老牌的生旦，為了形象都不想演三花丑角，但小咪覺得演員就要勇於嘗

試各種角色，即使演丑角也要把該角色的樣子與特質表現出來，所以她演過的丑角像《逍遙公子》中的秦愛錢、《陳三五娘》中的林大、《天鵝宴》中的酈道九、《燕歌行》中的不死靈等都唯妙唯肖，相當成功。由此可知小咪是天生演戲的料，演什麼像什麼，而被譽為「百變精靈」。

說到精靈，小咪飾演的丑角中最為人讚賞的是「不死靈」，這齣《燕歌行》是以三國曹家及甄宓的故事為本的歷史劇，主要角色都是歷史人物，編劇特意創造一個虛構的靈魂角色「不死靈」來與祂的主人曹丕如影隨形。我第一眼看到小咪所裝扮的「不死靈」的造形時，立即聯想起莎翁《暴風雨》（*The Tempest*）中的那個半人半獸的妖精卡力班（Caliban），以及《仲夏夜之夢》（*A Midsummer Night's Dream*）裡的精靈帕克（puck），尤其卡力班。莎翁全集是我十九歲時讀的，當時雖有認真細讀而印象深刻，但事隔五十年，小咪的「不死靈」還能把我記憶裡的「卡力班」觸引出來，足見小咪真是一個「演戲精靈」。

小咪既不屬於哪家戲班，又肯嘗試各種角色，使她演出的戲齣之多可能比任何一位歌仔戲名伶還多，且深獲肯定，因而榮獲電視金鐘獎的傳統戲劇獎、全球中華文化藝術薪傳獎、傳藝金曲獎最佳演員獎，被視為「無形文化資產重要保存者」暨「傳統

藝術藝師」，即俗稱的「人間國寶」。

目前，大約已息戲退休的小咪，主要工作是從事歌仔戲教學，她希望這門以純正台語演出的傳統戲曲能傳承下去，也希望多編些台灣本土題材的戲，在我和她閒聊記憶並請教幾許關於藝霞及歌仔戲的往事時，她的幾個戲曲學院的女學生就在另一邊彩排什麼，正等待她的加入和指導。所以最後，我問小咪此生有什麼覺得遺憾嗎？她回想一下後，輕聲短語地說：「應是愛情吧！……」我聽著，不願再多問多聊，想到她的母親為了愛情勇於私奔，而她為了演藝，更為了顧全父母、弟妹的生活，選擇了犧牲愛情而終生未嫁，尤其要辜負迷人的長相，更是需要勇氣啊！

——二〇二三年一月十六日在台北市內湖區訪問陳鳳桂（小咪）
一月二十六日完稿於桃園內壢，四月九日修訂

與歌仔戲樂師一起迎接春天

當今歌仔戲「文武平」（後場音樂）的首席樂師林竹岸先生今年雖已八七高齡，但談起話、動起作、拉起弦，仍然中氣十足，嘎響有力，而且手指靈巧又操弄自如。這應該是他自青年到老年持續在各種場合演奏而造就七十年功力的結果。可是或許也因長年處於響聲雜遝的戲台環境中，使他的聽覺受到傷害，耳孔雖有安置助聽器仍顯得重聽，當我放大嗓門，希望我的提問能夠「如雷貫耳」時，老樂師仍不斷做出千里耳的「招風手」，我就知道我事先備妥的訪題都將枯萎成輕聲細語。幸好老樂師很隨和，又見我全程台語，且和他同樣出身下港的農鄉，於是氣氛變得很融洽，我們一起把訪談變成閒談，也幸好我已普普了知老樂師的一生，所以在兩個鐘頭的「開講」（聊天）席間，熱誠的老樂師，也以他的琴弦解答我的訪題了。

農家子弟林竹岸，一九三六年生於雲林元長鄉，小時每逢莊內慶祝「神明生」，廟口「做大戲」（演歌仔戲），他都不缺席，除了演員粉墨登場的前台戲齣會吸引他之外，後場「文武平」的樂班為劇情配樂的演奏聲更是鑽入他的耳朵去敲動他的心弦，從此愛上台灣傳統戲曲，對大廣弦尤其喜歡。而恰好在他的小學導師中，有位業餘的南管演奏家蘇遙，於是放學後，就經常跑去跟蘇老師學習大廣弦、殼仔弦等。對傳統曲調及樂器有著驚人天賦的林竹岸不但琴藝進步神速，背誦曲譜及台詞的效率也遠高於課堂讀冊，因此暑假時，老師也常帶他參加廟會節目的演出，這些經驗給小小年紀的他，對未來打算加入戲班公演的人生是一種磨練，也帶給他信心。

在和我的熱烈閒談中，他多次說到他「十五歲就開始流浪」，那是指一九五一年，已是「人胚仔」（俗稱有成人模樣的少年）的林竹岸常到元長戲院看戲，戲院的內台歌仔戲剛好有一檔期就是當時知名的嘉義「錦花興歌劇團」的公演，林竹岸當時便結識了原本在戲院茶枱工作，既會演奏樂器又熟悉劇情的李比，李比見他孺子可教，在自己成為劇團樂手後，便邀他加入劇團。從此林竹岸隨著戲班四處演出的流浪生涯正式展開。

林竹岸是以類似學徒的身分初入劇團見習演奏與學習樂器，音感佳、記性好、加上認真學的他很快便成為正式的後場樂手，翌年十六歲先受聘在「錦玉己歌劇團」

擔任二手弦（泛指次要的胡琴演奏者），三年後升任該團頭手弦（即首席琴手領奏人），此後陸續受聘到「琴聲」、「新光興」、「新南隆」、「中華興」等多家歌仔戲團擔任頭手弦。一九五〇年代後期，台灣曾興起「廣播歌仔戲」，即只需前場的部分演員及後場的文武平樂手坐在電台的播音室中唱戲就可以，同時期也有戲班開始灌錄、發行歌仔戲的唱片，這二種只聞其聲的表演形式應比在舞台上的演出更注重演員的唱腔、口白與後場配樂的表現，當我說起我小學大約二、三年級時，曾經被祖母和兩個姨婆帶到嘉義市，再走到中廣嘉義台，與一群人擠在播音室前的一堵隔音大玻璃外，觀看現場直播演出的情形而感到神奇時，竹岸先（仙）也說到那時他曾參加並有灌錄曲盤（黑膠唱片），由此可見林竹岸的琴藝已受到相當肯定，在當時的傳統戲壇已是負有盛名的樂師。

林竹岸十九歲開始擔任頭手弦，在琴藝上，他並不以此為足，身為文武場的領頭羊猶如樂隊的指揮，他認為也應該多了解其他樂器的特色，甚至要有能力演奏，因此除了他最拿手的大廣弦、殼仔弦（椰殼弦）之外，二胡、月琴、三味線、品仔（笛子）、蕭、鼓吹（嗩吶）、鴨母達仔等等管弦樂器皆能操弄自如，對部分西洋樂器也略有所長。此外，他覺得琴藝要不斷學習精進，過去是一邊跟著老師學習，一邊觀摩別人的演奏，發現有自己不會、不懂的「步數」，他都學起來，加以熟練，為己所用，即使升任頭手弦之後仍然如此，他說隨聽隨學別人的優點叫「扶功夫」（撿技藝）。此外，他還揣摩如何豐富歌仔戲音樂的表現效果，所以他學習亂彈、南北管的散曲、客家的「山歌仔」、「平板」等，乃至北京京劇的「西皮導板」、「二黃導板」，福建九甲戲的「江水」、「慢頭」等等曲調都曾被他融合在歌仔戲的配樂中靈活運用，後來甚至也選用大家熟悉的流行歌來配合故事情節。這樣做不僅豐富了歌仔戲的背景音樂，也更能為前台的演出製造氣氛。

以前我曾誤認歌仔戲的後場只不過是附屬於前場的伴奏，用來烘托情節與演員的悲喜情境或增加場景的熱鬧氣氛而已。後來才知道，一齣好看的、成功的歌仔戲，前場演員與後場樂師都要隨劇情的進展密切配合，戲班有一句俗話說：「三分前場，七分後場」，恰可映照後場樂師的重要，一個或一隊優秀的樂師，不但能用琴音塑造氛圍，還能引領演員的情緒，特別是當演員一時忘詞，而出現即興的脫稿演出時，要能適時配合演員，或以音樂適時提醒演員，拉回劇情，或讓演員的身段動作有節奏感，產生戲劇張力，所謂「無後場，行無腳步」，所以林竹岸自始至今總要求自己要熟稔各種曲調，才能按戲台上的進展或意外做及時又適當的應變，他說：「劇情緊急的時佫掀譜、看譜就袂赴矣！」又說年輕時為了背熟曲調，「連暗時眠夢嘛佇唸譜」，接著吟唱一小段「上乂譜」，說得賓主與陪同在場的人都哈哈生笑。

這時，我順勢拿出一張報紙，上頭印著我的一篇散文〈終於看到百家春[1]〉，以及一張〈百家春〉的上乂譜（又稱「工尺譜」）插圖，我主要是向他請教這種傳統音樂中最初始的記譜符號怎麼唸唱，「竹岸先，予我請教一下……」我說。

「哦？這是上乂譜，百家春！」林竹岸一看，又驚又喜，拿起報紙便按譜唸起來，不，唱起來。我也邊看譜邊聽他唱，才頓時微微解開存放心中五十年的困惑，雖然時間太短，只能解開一點點。林竹岸只唱了兩行譜便心血湧潮，從掛在前方的一批雙弦樂器中抓來一支殼仔弦，二話不說就拉起一段譜。當他停頓時，我趁機再請他拉奏他的絕活，也就是傳言中的「能以壓弦方式呈現重滑音的特殊效果」，這種滑音效果是鋼琴之外的所有弦樂器都有的，我也會，但不清楚這種效果在林竹岸的演奏技巧中為何格外重要和特別吊引人的聽覺？

「人攏講竹岸先的滑音足厲害，我想欲了解……」我說。

可是竹岸先一臉茫然，我重新大聲解釋著。

「哦！我聽有你的意思了，就是『掛bass』，恁講滑音，阮講『掛bass』。」在一旁的三公子林金泉幫忙說道。

「老師講的是指挨弦仔掛bass啦！」林金泉對他父親說。

於是竹岸先換取一枝由林投樹幹做成的大廣弦，他說：「演奏就若像做菜，有時愛撒味素才有味，才會好食、好聽」，說完示範奏起「都馬調」，他先拉一小段純粹按譜的旋律後，才重新將他的演奏方式「挨」出來，一節慢板之後忽來一節快板，再回到慢板。我仔細聽著，感覺：

弦指爭相交，輕攏慢撚抹復挑，
便有幽幽泣訴，迴步斷腸橋。
忽聞嘈嘈切切錯雜彈，
急雨如珠，紛紛落水滑下灘，
化做一聲，會摧心折肝的長嘆！

原來，林竹岸的掛bass巧技不只是滑音，而是從滑音的尾巴掉下來的一串配合情境的裝飾音，這串裝飾音緊緊黏貼著旋律，所以更能挑動演員與觀眾的情緒。難怪林竹岸長久以來被譽為台灣大廣弦與殼仔弦的第一把交椅。

林竹岸一甲子的人生與台灣歌仔戲同起伏，年輕時躬逢歌仔戲盛世，到了一九六〇年代後期，由於電視漸漸普及，歌仔戲也被搬入電視機，愛看戲的觀眾寧可在家守著電視，以致不少劇團陸續停演和解散。這時已多年在台北的戲班擔任頭手弦的林竹岸不忍歌仔戲沒落，決定自組劇團，一九七〇年十一月以位於民權西路的所謂「歌仔戲戲窟」所在地為名成立了「民權歌劇團」，家族成員老少十人是劇團的基本班底外，還聘請多位梨園的故舊來同心齊力。林竹岸對歌仔戲的堅持是兼顧傳統歌仔戲的藝術價值並為歌仔戲開創新的戲路，經過多年努力，他的戲班及本人贏得民間讚譽的口碑，也多次獲得台北縣、市政府和中央政府文化單位的頒獎肯定，單就他本人在民間傳統音樂的成就而言，他的「歌仔戲文場音樂」已成為一項台灣傳統藝術的資產，二〇一八年獲文化部頒發「歌仔戲後場音樂重要傳統表演藝術保存者」的榮譽，被視為「人間國寶」。

現在，高齡又重聽的他已將劇團交給他的三兒子林金泉負責，自己則退居幕後，開設「唱腔班」、「演唱及伴奏」等推廣課程，用以傳承歌仔戲及後場音樂的培育，繼續為歌仔戲貢獻。

這回賓主的訪談就在林竹岸挨大廣弦、王金龍[2]拉二胡、林金泉奏殼仔弦，父子三人分別以不同音色的弦琴合奏一首〈百家春〉時氣氛熱絡到極點，恰巧是他們「親堂」（同姓）的我也high將起來，忍不住高聲唱起〈百家春〉詞，這情境親像「四林」一起迎接春天。

——二〇二三年一月七日在新北市板橋區林竹岸家訪問林竹岸
一月十二日完稿於桃園內壢，三月十六日修訂
原載二〇二三年四月六日《中國時報・人間副刊》

註釋

1 林央敏作〈終於看到百家春〉，原載二〇二二年十月四日《中國時報．人間副刊》，見本書第二十一頁。

2 王金龍也是林竹岸之子，從母親王束花之姓。

流體藝術——看林蒼鬱的視覺音樂

現代詩以及同是那時代的文藝青年的緣分使我與林蒼鬱相識而相交，自一九七五年與他相逢初識至今已逾四十四年，雖然我們曾經由於畢業、入伍或各奔前程而勞燕分飛，以致期間失去連絡三十幾年，但我長年把蒼鬱的形影放在腦子裡珍藏，這不只是我個人一直有珍惜誠摯友誼的本衷，也因蒼鬱的為人、品性、文藝才情值得敬重且深植我心。

早年我讀林蒼鬱的詩以及和他的幾次往來相處，覺得他的人生悽苦，詩裡散發一種蒼茫動人的憂鬱感，這一點使我產生我們「相逢何必曾相識，同是天涯淪落人」的感覺。別後不多久，他由寫詩進而寫小說，作品表現佛教哲學，是少見的具深度思想情節與心理刻畫的小說。

又多年後，他擱下疲人憊己的文筆，轉而重拾文青時期曾經輕握的畫筆，專心致力於繪畫，他打破寫真描實的觀念和做法，而以所謂的「抽象畫」為主，他的畫，常見色澤繽紛絢麗，予人強烈印象乃至衝擊，又往往會在混兮忽兮的構圖中隱含某種人生現象，給人無限想像和詮釋的空間。

林蒼鬱的繪畫之路，最初也是從寫實出發的，中間經過一段潑墨畫的創作期才過渡到抽象畫，印象中他的潑墨畫，畫風就比別人的同類作品更為抽象，他最後完全走向抽象畫的創作，並且臻於巔峰可謂其來有自，不是突然發生的，這絕對和他的人生歷程及生命觀的演進有密切關係，亦即他的畫也像他的文學一樣反映他的人生哲學，以及對大自然的看法和想像。

與具體、具象或形象相對的概念是抽象（abstract），人類在二千多年前對抽象之物就有不少思考了，這一抽象概念最常被用於描述哲學及宇宙的起源，而對於繪畫，一直維持在具體化、形象化的主流認知範疇，直到二十世紀初，抽象畫先驅俄國畫家康丁斯基[1]才明確提出抽象藝術這一概念及實踐，康丁斯基一九一二年在德國慕尼黑《藍騎士年鑒》發表〈論形式的問題〉一文明示：「藝術有兩大主流，一是大寫實，一是大抽象。兩者猶如一棵樹分成的兩大枝幹，我想將大抽象此一枝幹發揚光大。」這篇論文指出「寫實」與「抽象」是藝術表現的兩種型態，觀之古今繪畫作品的樣貌，也都是在兩者間游移，只不過傳統上大多偏於寫實而已。在康氏的論文發表並大力向抽象範疇實踐後，抽象畫開始在歐洲、美國生根茁壯，乃至大行其道，並在二十世紀後半葉開始影響亞洲畫壇，比如日本的草間彌生、南韓的崔郁卿、台灣的楊世芝及薛保瑕等人，他們在一九五九到一九八〇年間先後赴美學習，然後將抽象畫的觀念及畫風帶回本國。我想，林蒼鬱最慢應在一九九〇年代就受到影響，而開始嘗試抽象畫的創作，依其本身具有的佛、道思想做創作基礎和動能，很快在二〇〇〇年就進入成熟階段。

筆者認為抽象畫的表現進程大約是畫家以扭曲、變形、碎裂、組合等做法，由小抽象（半抽象）趨於大抽象（全抽象）的歷程。觀之林蒼鬱的抽象畫，也約略顯出有這樣的軌跡，只不過他的內、外功基礎扎實，可在半抽象與全抽象間自由進出，所別者是某一畫作或某時期的多數畫作較偏向哪一方而已。

抽象畫是創作者透過點、線、面的形式及顏色，按畫家的主觀意識，且不描摹自然界實象的藝術，亦即不以「畫得像」為美、為滿足，它比野獸派、印象派的畫作更不易懂，面對抽象畫，常聽人說：「看無（看不懂）」、「不知在畫什麼」、「烏白造（亂畫）」等等，我也曾聽過有朋友在看林蒼鬱的抽象畫時也這麼表示，因此有人

說：「抽象畫，看不懂是正常，看懂了就不抽象」，抽象畫確實帶有這樣的特質，但也並非不具意義或內涵。單就林蒼鬱的抽象畫來說，在我眼裡：

第一眼乍看時，也跟大家一樣，只見強烈色彩與深厚、詭異的線條；

第二眼細看後，自其大者而觀之，它是一幅大自然的縮影，猶如從太空看地球的某個角落，這時它呈現的是圖畫的本質——一種空間藝術；自其小者而觀之，它又是一片動態的時空景象，彷彿把許多異樣的自然界景象加以融合，任令觀賞者移動視覺焦距，每個焦點所在的畫面都是某種真實物體的圖象（figure），就像土、水、火、風的本相或變形，這便是存在「抽象」中的「寫實」；

第三眼靜看時，會覺得整幅畫好像變成一張浮在水面的影象，色彩、光影、線條依著某個旋律在流動，接著閉上眼睛，似乎聽到法國印象派作曲家德布西（A. C. Debussy）的水上音樂被塗上一層耀眼華麗的色彩，充滿隱喻人生的意象。了解藝術本質的人都知道音樂是最純粹的藝術，它比同為時間藝術的文學更抽象、更無形，而圖畫是空間藝術之一，原本不具時間性質、也不靠時間表現整體，但成功、優美的抽象畫卻能讓圖畫產生音樂的效能，成為一種「有圖象的視覺音樂」。

這些欣賞經驗就是筆者前面所說的林蒼鬱的抽象畫，「往往會在混兮忽兮的構圖中隱含某種人生現象，給人無限想像和詮釋的空間」。

最後筆者要說，抽象畫並不是隨便畫，更非任何人畫筆拿起來自由揮灑就能產生上述的效果和內涵。我曾比較一些不同畫家、畫匠及初學者的抽象畫，光屬技術層面的畫法，我覺得無論塗抹、潑漆、拓印、沾染、濡渡、點滴、刮、掃等等技巧，蒼鬱都相當純熟老練，才能造出這一幅幅視覺音樂。

話尾，我也想用一筆來述說林蒼鬱的這個人，相識四十幾年，雖然中間空窗一大塊，我總是覺得蒼鬱為人誠懇真切，在文藝上，他應屬刻苦努力型的創作者，但在個性上，他卻是個澹泊明志的人，能夠樂天待人應物，我認為這是已到很高境界修為的一種自然表現。

——二〇二〇年二月二十五日寫於桃園內壢
為林蒼鬱畫集《台灣，抽象時代》的序文
原載二〇二〇年六月九日《中國時報・人間副刊》

註釋

1 康丁斯基：俄語Кандинский，一八六六—一九四四，原俄國人，一九二八年入籍德國，一九三九年入籍法國。提出抽象藝術理論時仍為俄國籍，因此此處稱俄國人，而民族上也屬露西亞（俄羅斯）族。

抓緊社會脈動的畫家——我所知道的陳來興

實踐台灣畫家的責任

一九八九年五月廿日起，陳來興在台北「報廢」的新北投車站舉辦「五二〇事件」週年畫展。稍前，他已在台中開過一次，引起藝術界的震撼，同時也引來那一批一向假借藝術之名，而不肯也不敢正視台灣現實的畫家和藝評家們所非議，說陳來興的畫脫離藝術藩籬，指責它們（作品）過度陷入政治與意識形態的紛爭。但陳來興並沒有退怯，仍然繼續他的路。這一次展出正好完成他的「靈感」，實踐他身為一個台灣畫家的責任，也實現了一九八八年仲夏，他在美國訪問時許下的諾言。

一九八八年暑假，我有四十天的時間和陳來興一起巡迴美國大小城市。那時「五二〇事件」剛發生不久，所有心繫祖國台灣的旅美台僑和留學生都很關心，他們

從美國報紙上看到黨國的武裝暴力憲警狂犬般攻打台灣農民與大學生的殘酷景象而義憤填膺，一致譴責國民黨和共產黨一樣沒人性，同時也為那些也是台灣子弟的憲警感到悲慼與可恥，一個人受了黨國的奴化與愚化教育之後，竟會失去台灣愛，而背叛賴以生養的母土，又向苦難的衣食父母下毒手，在那一陣子，每一顆和台灣土地相連的心都同感挨了一記警棍，即使遠在太平洋彼岸的台灣人也與「五二〇」同悲傷，紛紛解囊捐助受難者。陳來興這位先覺的台灣畫家，自然也會感動，因此他除了賣畫捐款之外，還計畫用他的畫筆來紀念「五二〇」。果然一年後，繪畫的五二〇問世了。

轉折與蛻變

台灣社會由於長期處在政治高壓統治與白色恐怖中，再加上國民黨專政當局不斷利用各種管道散布不實的中國情結，使得四十年來的台灣藝術家們都患上一種症候群，即像長頸鹿一般，若非空想中國，就是遙望西方，一些人躲在象牙塔中拚命「抄襲」中國古畫，而怡然養生，自命高雅；而另一些人則關在溫室中，努力模仿西洋畫派的形殼，而自詡具有全世界的視野，把留學巴黎或蹲點紐約當作進入藝術最堂皇的

殿堂。這類人唯一輕視或忽視的就是自身立足且生養成長的本土台灣。一來他們因為「怕到最高點，心中有老K」，不敢太關懷台灣現實，擔心個人的利益前途與「藝術生命」會因此受到黨國的摧殘，二來，他們因為從小接受國民黨的反台灣教育，便自然而然地失去藝術家應有的「社會參與」。

這情景，受過台灣式「正統的」美術高等教育的陳來興自然也不例外。但在一九七〇年代末葉，由於鄉土文學論戰的勝利，台灣意識逐漸抬頭，美術界也開始興起一股鄉土風，於是水牛斗笠農夫、古廟籬牆斷壁、枯藤老樹昏鴉、小橋流水人家……傳統田園景觀成為鄉土派畫家筆下的構圖。陳來興這一類的作品也很多，他在畫壇的名氣也由此建立。某些具有台灣人意識的收藏家尤愛他的作品。然而嚮往過現代主義的他這時卻產生了困惑，創作心境徘徊在「鄉土」與「現代」之間，畢竟那些代表鄉土又看來賞心悅目的東西都已經老舊成過眼雲煙，只是童年回憶，能引人懷念，卻不具時代性與現實性而顯得呆滯。可是所謂「現代」，和台灣這塊土地又沒有什麼關聯，而顯得虛無不堪，在陳來興看來，當時的「鄉土」與「現代」都似乎少了「什麼」，才互相衝突，無法整合。他想這個「什麼」必須找出來，於是他有一點本著朝聖和一窺究竟的心情，在一九八六年隻身跑去紐約住了一陣子，觀察紐約的街頭

藝術表演，參觀大都會美術館的世界名畫，閱讀紐約的藝術評論……。最後，陳來興發現，所有大畫家筆下的世界名畫原來都是鄉土畫，也都是地方畫，任何畫派的誕生都有它的時代背景與環境因素，在紐約那種高度工商化的都市，很自然會產生抽象畫，抽象畫在這裡才有根，有鄉土的基礎，並不是純粹空想出來的。於是陳來興返台後，畫風蛻變，一心一意投入他所親身感受的台灣鄉土，他要把現實的台灣畫下來，這樣的畫，就是現代主義的鄉土畫。

與社會脈搏同心律

經過這番轉折之後，陳來興的筆已經和台灣的社會脈動一致了。他發現四十年來的台灣在非法的國民黨殖民政權統治下變得很糟，都市和鄉村充滿髒亂、市儈的氣息；山被亂墾；地被亂挖；水被污染；建築雜亂無章；交通壅塞混亂……，人的生活，與豬犬一樣。現在，台灣人吃得更好了，但是內心空虛矛盾，道德敗壞，競相投機追逐淺薄的物慾生活，到處充滿掠奪性的不安。於是，他的畫風大變，畫出了台灣藝術史上未曾出現的頗具現實感的「鄉土畫」，也是同時代的其他台灣畫家未曾試探

的風格。

我看過陳來興這時期最主要的兩類畫，在寫物部分，無論是鄉村或都市，都呈現一種共同基調，即「混亂的感覺」。看他的「農村」彷彿可以嗅出農藥與工廠廢水的氣味，水牛的眼睛隱含著憤怒。看他的「城市」，也能感受到一氧化碳污染的天空，景觀變形而扭曲，橫亙街頭的怪手（挖土機）似乎在摧殘著都市的靈魂。而在寫人部分，他用畢卡索的變形技巧，使「台灣人」成為受傷的怪物，眼神呆滯冷漠，或者一臉委屈，無處宣洩，那種感覺難以名狀，只能從第三世界被壓迫搾空的人身上找到類似的影子。總之，陳來興這一時期的作品，用傳統的審美眼光來看是多麼「不美麗」，但是一眼就會刺痛人心，原本就有菩薩心腸的人看了還會受到強烈震撼，而引發深思自省。

政治黑手在背後

不過，陳來興的這一改變，並沒有使他在名利方面得到好處，反而因此窮困，因此必須忍受專制黨國一貫性政治干涉藝術的那隻隱形黑手所壓迫，而幾近隱姓埋名，比如他的作品無法再度登臨各大畫廊或官方美術館，當然，陳來興也不再希罕能在這些失去藝術自主性的場所展出，此外，害怕國民黨干涉的大小報紙、雜誌也不再介紹陳來興，因為他的畫「太本土」又「非常台灣」，這正是國民黨統治者所忌恨的。又如，有一次，他在台北的美國新聞處開畫展，某電視公司的藝文記者來了，也錄影了，但是突然在門外看到國大代表周清玉送來的祝賀花籃後，電視台便退怯，而把陳來興的畫展「抽掉」了。這情形，尤其當陳來興的畫大量出現在《台灣新文化》雜誌（被國民黨情治單位查禁最多次的文化性刊物），並發表強烈批判台灣美術界的文章之後，陳來興大約已列名美術界的政治黑名單了，所以曾經有個專門收藏陳來興作品的收藏家，本來客廳掛著陳來興的畫，但經「高人」指點後，立刻取下，真正把陳來興的作品「收藏」了。

覺醒的抗爭意志

但是陳來興並沒有被這樣惡劣的環境打倒，而回到原來的與生民不關痛養的畫風，他反而在孤寂苦惱中堅定方向，努力前進。一九八八年五二〇農民抗暴事件發生後，農家子弟出身的陳來興從報紙及錄影帶上看到流血的場面而深深感動，也深受打擊。他說：「雖然隔著電波的距離，但我仍然可以感到台灣人還隱藏著一股活力，在警軍的暴力追逐下，人們驚慌地逃跑或靜坐呼喊著和平，使我想到畢卡索的大作〈柯爾尼加事件〉！」他覺得長期受壓抑的台灣社會，突然出現了一道曙光，這道曙光就是台灣人開始覺醒了，包括向來安分認命的窮困農民也看清了暴力統治者的面目，而勇於抗爭了。這股強烈的感覺打開了他內心的鬱悶，直覺地想把「五二〇」畫下來，描述內心的悸動，因此一九八八年九月初，陳來興和我連袂從美國回來後，就全力創作五二〇事件。

五二〇事件的系列作品約莫半年多完成，並且開始展出。我們可以從作品體會出台灣農民處於被壓迫情境下的可憐無助又無奈，還可以看到已淪為壓迫者工具的制式暴力的殘忍。兩者正在代表經濟「奇蹟」的高樓底下「扮演」出一幕幕椎心刺骨又驚天泣鬼的人間悲劇。我想，任何一位關心台灣社會苦難的觀賞者看了這些作品之後，都會和五二〇事件的受難者感同身受，進一步把悲痛化為力量，強化我們台灣人反抗奴役、壓迫，追求自由、解放的抗爭意志。

陳來興的這類畫在台灣藝術界絕對是空前的，他曾經既謙虛又悲怨地說，在反映台灣心跳，在為島嶼盡責這方面，台灣畫家遠不及台灣的本土文學家，然而，他的五二〇系列，卻讓我覺得即使文學界，也沒幾人堪與並肩齊步，顯然他已走在台灣藝術界的前端，而且成為台灣民族畫的開路先鋒。

——一九八九年五月二十四日作

原載一九八九年六月一日《台灣時報．副刊》

收入陳來興著《陳來興的土地戀歌》（晨星，二〇一四，康原編）

花枝招展的洋傘王國

——邂逅李銘智先生

認識他，是偶然，但命運使之變成必然，因為我們原本道不同，他是一方商家大老董，我是一介窮漢蠹書蟲，殊途不同歸，人生難有機遇會相逢。但對文藝創作的一丁點興趣，我們的名字居然被桃園市文化局拉湊在一起，要進行一次桃園的「文學家與藝術家的邂逅」。而這時節我正忙於建造《桃園文學百年選》的工程，為免擔誤到這位文化局選定的藝術家，我原想推辭和他的聚晤，何況兩人互不相識，換另一個文學家來和他碰撞「邂逅的火花」並無所謂。豈料五月的某一天，在一次無關藝文邂逅的場合我們竟然不期而遇地意外邂逅了，我也才知道眼前這位個子不高，穿著時髦，頭頂閃著耀眼光芒、嘴唇吐著悅耳台語的摩登紳士，就是創造各種花傘藝術的企業家——「國巨洋傘欣業有限公司暨文創園區」的董事長李銘智先生。於是我們一見如故，把邂逅當做命運的安排，而有進一步互相傾聽，更加認識的交心。

原來李董的貴庚與我相當，都是戰後第十年出世的窮家子弟，生於當時桃園鎮大廟後的中正路尾一帶，小時好玩愛看戲，尤好看電影，但家境清貧沒錢買票，每逢戲院放映的影片換檔，他總在附近的中央戲院周遭遊逛，等待片尾時，戲院會開啟疏散觀眾的太平門，便趁機進場去看最後的十分鐘。

言談中，我覺得李先生為人誠摯又謙沖，他並不諱言自己是「慢報戶口」，八歲才入學，而且小時候興好嬉遊，不喜讀冊，獨坐書桌時，雖然與文字相看不相厭，但也不相識，因此國中（初中）卒業後，也一如當時家無恆產的台灣少年囝仔那樣未再升學，而到工廠打工充當技術學徒、或去拜師學藝以求日後出師，他曾在工廠做紙箱、磨鑰匙，也曾跟隨人家去開古井（鑽鑿水井）、學做司公（道士），又到摩托店學習修理鈪多拜（機車）與自動車（汽車），說好聽是充實技能，通學百家，說難聽是一年換廿四個頭家，最後在一九七一年十六歲時進入一家製傘廠學習做雨傘。在此之前，他無論做工、學習、或想做什麼，都只為了賺錢餬口。

當年他初來這家雨傘工廠時，公司老闆及其他員工長輩們都認定他這個乳臭未乾的新進小夥子缺乏定性，不能吃苦耐勞，才會頻頻轉行，因此沒人看好他會長期待下來，豈知這時的李銘智已智能勃發，慧眼新開，他看到台灣是製傘王國，只要認真拍拚，總能行行出狀元，所以決定長期待下來，他的工作態度及能力也逐漸受到賞識而陸續被拔擢，在第八年升任廠長。說起這段食人頭路的日子，他會以一句話來自豪自己的刻苦銘心與耐力：「我置這間雨傘工廠是七个頭家，做甲賭兩个。」意指連創立工廠的七名大股東都先後出走了，他還在。期間，除了一九七六年七月到十月，他因被徵召入伍，才不得不暫時離開這家工廠三個月。而他之所以只需當兵三個月，是因自己當時正處於「單親，獨子，老母有精神病」的家庭困境中，符合補充兵的條件，由此我們還可以想像當時那個青年李銘智其實背負著很重的家庭與精神壓力。

在製傘工廠就業的那段期間，李銘智學到許多待人處事的寶貴經驗，也增進了修身養性的工夫，遇難題，不易垂頭喪氣，對人生、對事物總抱持樂觀的角度，比如台灣諺語「抹壁雙面光」，原是形容一個人缺乏原則，不辨是非善惡的騎牆態度，但是在他眼裡反而變成製造一團和氣，互信互諒兩相雙贏的表現。這樣的處世哲學不僅讓他獲得同事的愛護與尊重，同時也成為他日後自己創業的助力。

一九八四年，李銘智想到公司的原始股東已有五人陸續自立門戶，於是他又發揮正面詮釋台灣俗語的頭腦，將「講一个影，生一个囝」這句通常用於負面意義的形象語轉化為創業動能，毅然決然辭去高位，在桃園市（今桃園區正康二街）創立一家小型的製傘廠，就是現在的這家「國巨洋傘欣業有限公司」，他想，既然生了一個「孩子」，也要讓自己有個新生的形象，那時他剛好邁入三十虛歲，正處青年時期的巔峰，就在翌年結了婚，於是他的身家與事業都恰如古人所說的「三十而立」，所以為了顯示自己的人身及公司都煥然一新，貼合新一代的年輕人，他說：「我的穿著也變得很fashion」，他也要為他的公司及產品塑造「新的style」。

然而創業維艱，巧婦難為無米炊，幸好他一向和氣待人的處世哲學在這時發揮了效用，他以前長期奉獻的傘業舊老闆願意幫他購置生產設備，也肯將一部分半成品轉給他加工或代工，以此幫助他創業。如斯腳踏實地，一步一腳印，終於穩固創業基礎，有了完全屬於自己公司的訂單，不僅如此，而且誠如他比喻的「歹船拄著好港路」那樣，訂單滾滾來，以致他自己的國巨洋傘公司應接不暇，無法大量消化，即使日夜加班也做不出來。這時他想到做人不可「褪褲為海」，新創公司更不應貪蛇吞象，好大喜功，尤其過去曾經受人照顧，不能像古時候有些「乞食（乞丐）食好就弄枴仔花」那樣吹噓驕矜，因此他便本著感恩之思及同業相助之心，將一些訂單分給同業或轉單給同業。這也顯示他做事頂真，對產品的品質有很高的自我要求，才能受到同業及客戶信任，紛紛把訂單下注到他的公司。

一九八〇年前後，由於台灣人的勤奮加上美國的幫助，促成台灣經濟起飛，Made In Taiwan的名號揚名世界，那年代的台灣，客廳即工廠，李銘智的國巨洋傘也乘著這一隻巨鵬的尾翼蒸蒸日上，豈料進入一九八〇年代後半葉，隨著經濟暴起，台灣股市蓬勃發展，民間開始盛行「大家樂」，浮躁的民間幾乎瘋狂地玩起這兩種帶有簽賭性質的金錢遊戲，就像「毋捌扶豬屎，扗著豬漏屎」，結果工人辭職，家庭代工停擺，工廠也僱請不到足夠的勞動力。李銘智眼見自己的公司新創不久，業務剛上軌道且業績正夯，不能因為缺乏技術工人而半途夭折，剛好一九八七年中，時任總統的國民黨主席蔣經國在台灣民主運動與美國的內外壓力下解除長達三十八年的戒嚴令，台灣國內的政治壓迫與海峽兩岸的敵對狀態適時得到緩解，也開放人民得以到中國探親，那時有些眼明手快的企業主也開始西渡中國去投資設廠，於是「這溪無魚，別溪釣」，李銘智的國巨洋傘也在這一年正式進軍中國華南，將工廠搬到廣東梅縣，成為台灣人赴中國投資的第一批台商之一，接著為了擴大產能，又於一九八九年六月設立第二廠。

到中國設廠這個決定，對李銘智來說，雖有經過審慎考慮和計畫，但並非穩篤篤的全不擔心，因為那是一個全然生分的地方，加上從小接受國民黨教育，宣傳共匪在大陸的行徑如何惡劣如何迫害資本家等等印象的影響，他其實像「跛跤吔擔油」那樣擔驚「捲倒擔」（推倒攤子）前去的，尤其增設第二廠時，北京剛發生六四天安門大屠殺，當時他正在台灣，心裡其實耽憂共產黨會封鎖中國全境，深怕此去會永遠不能回台灣，所幸這層顧慮沒有發生，留守大陸廠的幹部回覆說廣東那兒「恬恬無代誌」，只聽說「干單北京有暴民佇亂，已經攏互警察掠去矣」，因此便在六月中旬回到廣東，第二廠順利在二十日開工。

得力於中國在經濟政策上的改革開放，以及美國大力扶持中國發展經濟，並對中國製造業開放市場，在這大時代背景下，李銘智憑他的敬業精神與冒險嘗試的經營理念，國巨洋傘公司在傘界豎起了口碑，一九九三年便爭取到國際一線品牌的訂單，產品銷往世界各地，同時為ANNA SUI、BURBERRY、CELINE、DAKS、LAVIN、Ralph Lauren、YSL等多家世界知名品牌代工。至此，李銘智本人從一個做雨傘的學徒蛻變成製造洋傘與創造洋傘藝術的大老闆。

李銘智董事長的成功，固然與時代大環境及其機遇有關，但主要因素還屬他的個人特質與能力，個人因素的部分，除了前述的和氣、敬業、認真、負責、互助之外，我覺得還有兩大個人特質：既不貪心又勇於創新。這項要素在他創業之時已充分展現。傳統上，台灣的製造業者通常追求大量生產，但李先生的國巨洋傘走的是「少量多樣」，「少量多樣」就是他的創業動機，也是他進軍國際市場的策略，因其只取少量，所以才樂於將普通雨傘的許多訂單分給同業；唯其追求多樣，所以他的產品才能琳琅滿目，而且美觀耐用。單就一般功能的洋傘來說，無論用於擋風遮雨的雨傘或用於擋光遮陽的陽傘，過去的製傘業者，從手工油紙傘時代進入金屬支架的機械化大量生產時代後，PVC塑膠成為製傘的主要材質，而且幾乎都是單色傘。而李銘智的國巨洋傘開始使用布料材質，並按傘的功能、價格、造型與藝術要求分別使用不同材質的布料、色彩及圖案。他認為人們擁有雨傘，不必只限於晴雨兩用，有時也可以將雨傘做成藝術品供人們欣賞與收藏。

要使雨傘超越實用目的以實現多樣要求並增加藝術價值就需要有創新的頭腦來孵生創意，在這方面，李銘智可說就是一個「做雨傘的藝術家」，性喜冒險，又好創新，他把台語古諺「牛無食險草袂肥」轉化做造傘藝術的創作動能。在機器化的時代，他敢於復古，以手工造出與眾不同的限量版創新傘；在民生用品流行速造速成，壽命短暫，遺失也不可惜的低價時代，他肯花三年歲月去試用各種材質、去修改設計式樣，終於研製出可抗十級風的特殊造型傘；在台灣人及中國人對於商品都講究時尚，崇洋哈日之風興盛的時代，他一方面配合潮流，製作具有歐風美雨的洋傘，另一方面也想到要用傘來發揚台灣文化、台灣精神，比如推出具有台灣本土意象的刺鏽精品傘、結合客家元素的彩色桐花傘。這些創意，有時得靠絞盡腦汁，有時是抓住曇花一現的靈動，比如有一款刺繡傘的設計靈感是來自女性的「乳帕仔」（乳罩），那是有一次他看到女性內衣上的蕾絲及精緻刺繡，想到洋傘也可以有蕾絲邊，他覺得這樣可以強化傘面的美感，還能增加價值又一枝獨秀，於是利用刺繡把蕾絲和傘布繡在一起，再加入台灣在地元素，用手工縫製成頂級藝術傘。有時，他也會直接找藝術家合作，比如請台北的陳金龍、新北三芝的吳仲宗等藝術家授權，將他們的作品印製在傘葉上，讓洋傘長出幾張美美的臉龐。

總言之，李銘智希望把他的國巨洋傘公司打造成代表台灣的最佳品牌，也在香港舉辦精美傘的舞台漫步表演（走秀），讓世界看到台灣已從早期風評不甚好的劣質品王國進化成頂級傘的製傘王國，而國巨洋傘公司出產的便是傘界的ＬＶ。經由這番苦心經營和多年努力後，李銘智自信他的理想已在一步一步地實現，也確實有得到多方的讚譽，才會在二〇一〇年被台灣的電影金馬獎主辦單位委託製造第四十七屆的「金馬獎紀念傘」及二〇一一年被ＬＰＧＡ指定用來當世界高爾夫球大賽的「ＬＰＧＡ紀

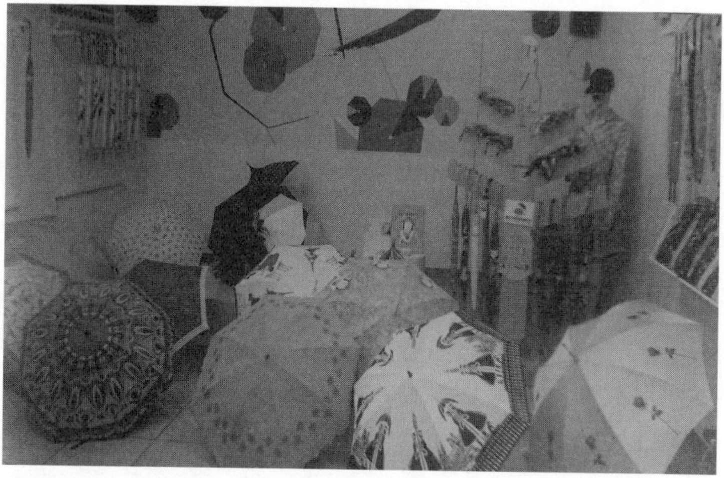

念傘」。

由此看來，李銘智是早期赴中國投資設廠而獲得成功的台商之一，他的成功恰可勉勵人們省思行業的重點，只要老實拍拚多動腦，切忌「牛頭毋拎，拎牛尾」，新生的小蝦米也有戰勝大鯨魚的可能。然而這種創業動能也需要有開放的經濟環境和容許個人「開腦洞」的政治環境才得以發揮，這時，他想到中國雖然成為世界工廠，經濟已經大躍進了，政治卻仍舊在威權體制中故步自封，而且想併吞台灣的野心越發明顯，李銘智自覺身為台商，如果繼續留在中國，對未來發展恐怕會有不利的影響，尤其他覺得中國不是法治國家，台商也會像中國老百姓那樣隨時都有可能被當做韭菜割取，一九九三年他的公司就曾經被官方一紙令下就拆牆獻地還得不到任何補償，二〇一一年中國為了舉辦世界大學運動會，為了拓路又被強拆了部分廠房，雖然這次稍進步有所補償，但也遠不足彌補損失，經歷這次拆屋之後，他開始萌生退場之思，不久習近平上任後，政策一步步走向緊縮，經濟頗有「國進民退」走回頭的態勢，李銘智終於鐵了決心，在二〇一六年將整個公司撤離中國，搬回祖國台灣，回到他最初創業的起家地桃園，先買一間透天厝當暫時的廠房及倉庫，再購置工業區的土地，採綠能綠建築的設計興建永久性廠房，將來他的國巨洋傘會是一家觀光工廠。

公司遷回台灣後的這幾年，李銘智有感於早年創業之時受惠於前輩的幫助，常抱著感恩之心，希望能對家鄉有所回饋，因此計畫把一千四百坪的新廠區當做文創園區，並且劃出七十坪空間免費提供給桃園的藝文人士展覽自己的文藝創作，這個文創園區預計在二〇二〇年底開幕。

今年六月十三日，當李董領我走進國巨洋傘的展示屋時，迎面而來的是整片琳琅滿目的巨型奇花異卉，在屋裡的四處角落或開或合，彩色繽紛，讓我彷彿走入一個花枝招展的國度。目前，國巨洋傘的產品可概分為兩大類：

一為可供普及實用的晴雨傘，分為功能傘、雨傘、遮光遮熱傘等系列。

一為可供觀賞收藏的精品傘，分為造型傘、特色傘、限量版藝術傘等系列。這一類，李董說，他接下來的創意是要製造最具台灣本土情懷的文學藝術傘，把可以陶冶人們疼惜台灣鄉土的優雅詩文種植在傘葉上，讓朵朵傘花開成美麗的傘中詩，他希望我能授權讓他種下第一株，日後綻放詩花〈毋通嫌台灣〉。

和李先生進行一番較深入的交談時，我發現他不時會講出台灣俗諺，而且用得很自然，這在現代的台灣社會已是一種稀罕的、難能可貴的現象了，這時我暗忖李先生應該多少具有我長年推崇並提倡的一種能夠推動「台灣文藝復興」的「台語意識」，

即想要保護台語、提升台語地位，也肯用台灣話寫作，又善於活用古早人的智慧結晶的觀念。果然，訪談到尾聲，當我要送他兩本詩集的同時，才知道他也準備了兩本書要送我，一看「李銘智　著」，始知就是他的大作——註解台灣俚語的《大頭仔講孽恝仔話》，上下二冊。而可佩又厲害的是整本書，他都用台語文來書寫、來註解、來說故事。

哇！看來，李銘智既是企業家，又是創意洋傘的藝術家，而最叫企業家、藝術家們不易擁有的專業頭銜是：他原來也是一個台語作家。難怪，此後和他在FB結為面友後，便看到他用台語寫的新字帖：「大頭講幻古代誌」三不五時會「貼現」在面頭前，一邊衝擊你的眼睛，一邊鈎起你的莞爾。

路尾，咱就揀一塊伊的笑詼小品予逐家鼻芳目睭笑，這塊叫做〈王梨箍七〉：

早前關廟有一綴尪仔某，佇關廟附近賣王梨，有一工賣佮中晝兩尪仔某紲毋災想着啥咪，講袂入去房間睏中晝，就叫他囝來顧一咧，交代他囝講，卡使有人來買，毋災才入來問爸爸佮媽媽，兩尪仔某就入去厝內睏中晝。過一下仔，有一分人客喂這咧所在經過，心肝想講關廟吔王梨好呷，就想袂買王梨，伊就入去問這咧囡仔，恁王梨按吶賣？叨一粒吔酸，叨一粒袂酸，這咧囡仔講，阮吶吔災影，阮來去問阮老爸，這咧囡仔行到房間口，啊未開嘴，就聽着因老爸講：徛着卡酸，倒着卡未酸，遮个囝仔就佮人客講：徛着卡酸，倒着卡未酸，佮尾仔這个人客攏買倒着仔。遮兮人客就擱問，啊恁一斤袂算外濟錢，這个囡仔嘛毋災，幼擱講，阮來問阮媽媽，才行到房間口，嘛是啊未開嘴，就聽着因老母講：用內褲拭，嗳聽清楚，「王梨箍七」抑是「用內褲拭」。所以講台灣話吶嘸細字聽，有時嘛吔聽走精。佮路尾這个人客總買，有夠佮啦！

——二〇二〇年七月十六日

原載《文學家與藝術家的邂逅》（桃園市文化局，二〇二一）
收入《游藝桃花源》（林央敏主編，小雅文創，二〇二二）

族群熔爐把異族怨氣熔解了

一九九〇年代，由於工作的關係，我常出入桃園後車站一帶，那時的延平路與大林路上開始出現一些店家，外觀迥異台灣的店舖，也看不懂招牌上的文字，起初我感到奇怪，後來才知道它們是來自南洋諸國的「外勞」所開的小店，越來越多家，種類也變得多樣，漸漸地不只市區有，鄉間人口較多的村莊也看得到。一到假日，許多公共場合如公園、廣場總是聚集一群又一群膚色較深的青年男女，在咭哩咕嚕說著我聽不懂的語言。這種街頭景貌，也展現在台灣各地，他們之中，有的是從東南亞嫁做台灣媳婦的外籍新娘，更多是來台灣討生活的外來移工，人數之多據說已超過台灣原住民的總人口了，儼然已成為台灣「新住民」的另類族群。

這個新住民族群主要由越南、印尼、菲律賓和泰國的移工構成，由於來自不同國家，講著不同語言，一旦處在同一工廠工作時，早先常因細故而生衝突，嚴重時甚至彷彿二、三百年前的「閩客械鬥」與「漳泉拚」又重現台灣，比如發生在一九九九年九月間的一個休假日的夜晚，某家大公司的一名泰籍勞工在打公共電話時，與一名久候不耐的菲律賓勞工發生摩擦而被毆。於是泰國勞工不甘受到欺負，便糾眾向菲律賓勞工討回公道，結果原本只是兩人的口角與互毆，竟因同胞相挺與異族相輕而演變成幾近五千人的異族鬥毆，雙方棍石對幹，甚至有泰勞還拋擲汽油彈，最後政府動用大批武裝警察與霹靂小組將雙方隔離並強制逮捕，用十幾部大型遊覽車載走手持棍棒的滋事外勞才平息這場「泰菲械鬥」。

這個泰菲械鬥的潛在原因是階級怨懟，由於菲籍外勞的學經歷較優，比較有機會擔任「工頭」（領班），泰籍外勞不滿菲籍工頭在分配工作時，總是偏袒自己人，而把較勞苦的事務分給泰勞，因而怨懣積累在心，直到導致爭端的「打電話事件」才讓積怨總爆發。細究這個引信，其實就是煎熬異鄉人的鄉愁，這些外來移工，無論來自哪一國，都同樣會想念家鄉、想念親人，而排解鄉愁的最好方法就是打電話，在那個手機又貴又不普及的年代，對一個去國離鄉的出外人來說，就只能購買一疊電話卡，或準備一口袋的硬幣，在公共電話機前訴說滿腹鄉愁。

大約二〇〇五年前後的兩三年間，亦即我退休後的前幾年，有較多時間四處走踏，在市井、在鄉野遊逛，接觸與認識許多民間大眾，那時我感受到台灣人似乎普遍對社會上多了這群來自異國的基層勞工並無好感，比如覺得他們把原本清淨的公共場所弄得吵雜不堪；常聚在公園烤肉作樂，結束時沒收拾垃圾就一走了之；在同一段期間，不少人都經歷遺失腳踏車的經驗，人們咸以為是外勞偷去代步或變賣；就連喜歡在野生池塘從事釣魚休閒的釣客也埋怨，說有外勞仔會趁夜黑無人時來牽罟網魚，大小通吃，害他們的釣竿經常「損龜」，斲損了釣魚的樂趣……。這些傳言與怨言，也曾經是我所目睹和我的親歷，使我有一陣子對外勞的觀感也不佳。

不過近幾年，情形已改觀，我覺得他們的性情變得溫和，當我在溪邊公園散步，走近他們的群聚時，他們有時也會主動打招呼或以笑臉迎人，看他們之間相處得很融洽，也不再聽說異族移工間有爭風打架的情事，休假日看他們三五一群，八九一聚，散落在公園部分角落，有的閒聊，有的唱著家鄉的歌，不再讓人覺得喧譁。我想這應該是我們的外勞政策有了大改善，當局管理得當，台灣人也接納了他們，所以外來移工已被台灣這個族群熔爐的氣氛所陶冶了。

——二〇二〇年七月二十六日草稿，二〇二一年八月十三日修改定稿
原載二〇二一年八月三十日《人間福報・副刊》

錦繡文章桃子園

桃園市（縣）在台灣西部各縣市中算是開發較晚的地方，在漢人入墾之前，縣境只有兩族為數不多的原住民，一者是住在較北邊，位於南崁溪中下游的凱達格蘭平埔族，分為南崁、坑仔、龜崙和霄裡四社；一者是住在東南邊，位於大漢溪上游的泰雅高山族。漢人之入桃園，大約於十八世紀初的康熙後期始有零星的閩南人入墾，雍正之後才漸多。在此之前，整個桃澗平原幾乎還是荒野一片，就如十七世紀末，從唐山到台灣考察硫磺的郁永河所說的那樣：

自竹塹迄南嵌八九十里，不見一人一屋，求一樹就蔭不得；掘土窟，置瓦釜為炊，就烈日下，以澗水沃之，各飽一餐。途中遇麋、鹿、麋、麑逐隊行，甚夥，驅獫猲獟獲三鹿。既至南嵌，入深箐中，披荊度莽，冠屐俱敗，直狐貉之

窟，非人類所宜至也。（引自郁永河著《裨海紀遊》，一六九七）

可見那時的桃園還屬地廣人稀的野鹿之地。即使到二十世紀的七〇年代，在我讀國中時，她的首善之區桃園區還叫「桃園鎮」，在我領到國中畢業證書時才改制為縣轄市。此後拜中央政府長期重北輕南的政策之功以及地處首都台北南郊之利，桃園縣開始突飛猛進式的發展，而於二〇一四年底超南趕中，不須合併便直接升格為直轄市。

桃園市因工業發達，人口有了大躍進，但在文學、文化方面的進展緩慢，日治之前的清代及先清時期，除了少許口耳相傳的民間通俗文學之外，只有少數過路或短天客居的古人在作品中寫到桃園的人文景象，尚無出身本地的文人留下文學作品的紀錄。直到日治初期，由於官方獎掖漢詩創作，促使民間盛行結社吟詠，道道地地的桃園文人才開始躍上傳統詩的舞台。不過一九二〇年起以迄整個一九三〇年代，台灣文學界的進步分子正開啟一波史稱「台灣新文學運動」及「台灣話文運動」的文學革命，主張以「日用文」改革文學，呼籲文人作家使用北京話的白話文或台灣話的白話文寫作，當時出身桃園廳的青年一輩作家如李獻璋、簡國賢、黃得時都加以響應和支持，於是沿襲傳統，固守文言文寫作的舊文學逐漸式微，相對地，以白話書寫的新文學很快成為台灣文壇的主流，而原本就屬於口語化的民間通俗文學也適時獲得文學作家的興趣和重視。

日治時期出身桃園的新文學作家雖然寥若晨星，但有了他們的作品，不僅使桃園文學的發展趕上這波台灣新文學的潮流，而且還引領當代文學的風騷，像李獻璋對民間文學的整理與發揚，及簡國賢的戲劇創作，都成了當代台灣文學的重要資產。這兩位參與新文學運動的時間是在一九三〇年到一九四〇年之間，如果以他們當做桃園新文學的起點，則桃園新文學至今已有八、九十年了，不過鼓吹台灣新文學的聲音，尤其更早的新劇（話劇）運動已一九二〇年代便風靡全台[1]，那麼桃園的年輕文人最慢也在一九二〇年代就受到影響，因此我們對桃園新文學的歷史也可以比照台灣新文學的歷史，自一九二〇年迄今已有一百年，這一百年也是桃園新文學由無而有，從篳路藍縷開始走向興盛的時代，筆者檢視完最近百年間桃園作家的創作成果後，發現桃園文學已然茁壯且變得花團錦簇，在質、量上絕不遜於其他縣市，甚至比起任一縣市的文學創作都更加多元繽紛，無論作品類型如詩、散文、小說、戲劇、報導文學，或創作語言如華語、台語、客語、原住民語，或各種主題的寫作都有傑出的表現，百年來除了有多位本市作家享譽全國文壇之外，出身本市（本縣）及移居到本市並長住或曾經長住的作家也出版了許多文學著作了，當中有些作品已經成為台灣文學的重要經典之作。

之前，或許因為桃園市（縣）的工商發展特別迅速和突出，以及文化發展相對較為遲緩之故，加上毗鄰首都台北，桃園作家如有出席一些文學、文化的活動，也大多前往台北參與，因此不只許多外地人、連同桃園人本身長久以來對桃園都有個認識不清的刻板印象，認為桃園是個「文化沙漠」。但筆者身為桃園的在地文學工作者，近年對桃園文學做了一番較完整的耙梳後，確知桃園文學實已相當豐盛，便為桃園文學做史，於二〇一九年出版《桃園文學的前世今生》，今年再出版《桃園文學百年選》，並為每篇入選的佳作撰寫賞評，在重新細讀這些桃園作家的作品後，深深覺得這片昔時春風一吹就開滿粉紅花蕊的桃子園如今已成為綻放錦繡文章之郡邑，內心不覺間生起一絲與有榮焉的感興！

——二〇二一年十月三十日修訂完稿

原載二〇二一年十一月十五日《人間福報・副刊》

註釋

1 「新劇」又稱「話劇」，受到日本新劇的影響，台灣的新劇大約始於一九一一年，在一九二〇年代形成「新劇運動」而興盛。

【附錄】林央敏著作簡表

書　名	出版社	出版時	開	頁數	備註
走在諸羅文學河畔	嘉義市政府文化局	2020.10	25	278	華語
五十年沉默沉澱成一首長長的無言詩	九歌出版	2023.09	25	208	華語
小說集：					
不該遺忘的故事	希代書版公司出版	1986.8	新 25	224	華語短篇
大統領千秋	前衛出版	1988.3	32	285	短篇
寶島歌王葉啟田人生實錄	前衛出版	2002.2	25	236 精裝	長篇傳記
陰陽世間	開朗（金安）出版	2004.7	25	267	華語短篇
蔣總統萬歲了	前衛出版	2005.7	袖珍	308 精裝	華語短篇
菩提相思經（附唸讀 CD）	草根出版	2011.5	25	584	台語長篇
躲在牆壁裡的哀泣	遠景出版	2022.9	25	220	華語短篇
劇本集：					
斷悲腸	開朗	2009.3	25	250	台語

書　名	出版社	出版時	開	頁數	備註
詩　集：					
睡地圖的人	蘭亭書店	1984.4	32	212	華語
駛向台灣的航路	前衛出版	1992.5	25	244	台華對照
故鄉台灣的情歌	前衛出版	1997.10	25	158	台語
胭脂淚	真平（金安出版社）	2002.9	25	464 精裝	台語史詩
希望的世紀	前衛出版	2005.1	25	188	台語
一葉詩	前衛出版	2007.2	25	176	台華對照
台灣詩人選集－林央敏集	國立台灣文學館	2010.4	25	128	莫渝編選
家鄉即景詩	草根出版	2017.11	25	176	華台
田園喜事	童詩，部分發表，整理中			將台華對照	
散文集：					
第一封信	禮記出版	1985.2	32	248	華語
蝶之生	九歌出版	1986.1	32	222	華語
霧夜的燈塔	晨星出版	1986.4	32	215	華語
惜別的海岸	前衛出版	1987.8	32	231	華語
寒星照孤影	前衛出版	1996.3	25	238	台語
收藏一撮牛尾毛	九歌出版	2018.11	25	240	華語

書　名	出版社	出版時	開	頁數	備註
編選集（主編）：					
語言文化與民族國家	前衛出版	1998.10	25	203	論述選
台語詩一甲子	前衛出版	1998.10	25	267	詩選
台語散文一紀年	前衛出版	1998.10	25	235	散文選
台語詩一世紀	前衛出版	2006.3	25	219	詩選
桃園文學百年選	遠景出版	2021.10	25 精	492	文選賞析
其他類：					
簡明台語字典	前衛出版	1991.7	25	320	字典
TD 台語電腦字典查閱系統	前衛出版	1991.7	1.44 吋	電腦軟體	磁碟片
TD 使用手冊	前衛出版	1991.7	25	51	

品　名	出版者	出版時	規　格	備註
影音類：				
懷念的小城市	新台唱片	1993.1	CD	詞曲
台灣詩人一百影音：林央敏輯	國立台灣文學館	2006.12	DVD	生平唸詩

書　名	出版社	出版時	開	頁數	備註
評論集：					
台灣民族的出路（曾被禁）	南冠出版	1988.4	25	166	民族論
台灣人的蓮花再生	前衛出版	1988.8	25	248	文化論
台語文學運動史論	前衛出版	1996.3	25	253	文學論
（前書增訂版）	（同上）	1997.11	25	270	
台語文化釘根書	前衛出版	1997.10	25	238	語言論
台語小說史及作品總評	印刻出版	2012.12	新 25	324	文學史評
桃園文學的前世今生	草根出版	2019.11	25	268	文學史
典論台語文學	前衛出版	2022.8	25	304	作品析論
愛與正義的實踐	10 萬餘字發表，未結集出版			文化短論及雜論集	
台灣文學散論	10 萬餘字發表，未結集			作家論	
合　集：					
林央敏台語文學選	真平（金安出版社）	2001.1	25	379 平裝	文學大系之四
（前書新版）	（同上）	2001.10	25	精裝	

九　歌　文　庫　　1　4　1　3

五十年沉默沉澱成一首長長的無言詩

國家圖書館出版品預行編目（CIP）資料

五十年沉默沉澱成一首長長的無言詩 / 林央敏著 . -- 初版 .
-- 臺北市 : 九歌出版社有限公司 , 2023.09
面；　公分 . -- (九歌文庫 ; 1413)
ISBN 978-986-450-593-7(平裝)
863.55　　112012408

作　　者——林央敏
責任編輯——鍾欣純
創 辦 人——蔡文甫
發 行 人——蔡澤玉
出　　版——九歌出版社有限公司
台北市 105 八德路 3 段 12 巷 57 弄 40 號
電話／02-25776564・傳真／02-25789205
郵政劃撥／0112295-1

九歌文學網　www.chiuko.com.tw

印　　刷——晨捷印製股份有限公司
法律顧問——龍躍天律師 ・ 蕭雄淋律師 ・ 董安丹律師
初　　版——2023 年 9 月
定　　價——300 元
書　　號——F1413
I S B N——978-986-450-593-7
9789864505951 (PDF)

本書獲桃園市立圖書館出版補助